BAJO

LA LUNA
LAVANDA

CONOCIENDO EL VERDADERO AMOR

Alejandra Lemus de Williams

DEDICATORIA

Este libro está dedicado a cinco grandes mujeres:
Mi abuela doña Magda Chávez
Mi madre doña Alma de Lemus
Mi hermana doña María Eugenia Lemus
Mi abuela doña Guillermina Rodríguez
Mi mejor amiga doña Alejandra Hernández
Gracias por ser pilares importantes en mi vida.
Siempre en mi corazón.

AGRADECIMIENTOS

Este libro fue posible gracias a la ayuda de Robert Williams y al amor de mis cuatro hijos, quienes pacientemente me permitieron trabajar varias horas del día en este proyecto.

También quiero incluir a una mujer que admiro: Carmencita Rodríguez de Perea, quién ha sido alguien muy especial y ha estado para mí en momentos muy duros de mi vida. ¡Muchísimas gracias!

También quiero agradecer a la licenciada Astrid Lemus, quien ha sido un refugio y la protección para sus sobrinos cuando la vida nos ha dado duros golpes. Muchas gracias, querida tía. Te admiro y aprecio mucho.

Sin el cariño de las personas mencionadas anteriormente, no hubiera podido realizar esta obra.

Capítulo 1

Conociendo el amor de...

BAJO LA LUNA LAVANDA

Mi nombre es Isabella Delwood Rivera... y estos son los recuerdos que guardo en mi corazón:

1 CONOCIENDO EL AMOR DE...

¡Todavía me tiemblan las piernas cuando pienso en Grayson Matthews! Alto, cuerpo atlético, moreno, de barbilla cerrada y con sus ojos color miel grandes, de mirada dulce y penetrante. Aún con el pasar de los años, me acompañan algunas de sus inolvidables cualidades: su ternura, su dedicación y esa diligencia con que se manejaba en la vida, afirmando cada paso para alcanzar sus metas.

Cuando yo lo conocí, él terminaba su carrera en leyes. Aún no puedo creer que mi amiga Clarissa lo llevara a mi casa para que me conociera. Ella, empeñada en hacer de cupido, hasta nos hizo creer que nos llevábamos menos años de edad para que no desistiéramos en tratarnos y llegarnos a conocer mejor.

Llegaron a mi casa de visita sin siquiera anunciarse. Mientras bajaba las escaleras hacia la sala, inmediatamente noté su atractiva persona. Él, tan caballeroso, me dio su asiento y luego se acomodó en la silla frente a mí, dándome la mejor de sus sonrisas. Yo estaba tan nerviosa porque nunca había visto a un muchacho tan guapo sonreirme y verme fijamente como él lo estaba haciendo. Yo apenas tenía dieciocho, y no es que fuera fea, pero aún era muy joven y no había tenido tiempo de conocer a nadie más.

Esa mañana en el colegio, le había dicho a Clarissa que sólo ella y yo aún no teníamos novio de todas las chicas de nuestro salón. Ella tan decidida, entonces, se me aparece por la tarde con el primo de su gran amor platónico, Ronaldo. Grayson me llevaba al menos cinco años. Yo terminando el bachillerato y él casi un abogado.

Ese día, no pudimos conversar mucho, pero recuerdo que al despedirse, me tomó de la mano y me susurró al oído que estaba muy bonita. Yo con mucha pena le sonreí, pero pensé que era un lanzado y un atrevido. Al mismo tiempo, sentí gran emoción de que alguien así me dijera que le gustaba.

En la noche, me acosté pensando en él. Me parecía tan simpático y tan inteligente, además proveniente de una familia tan distinguida como los Matthews. Su padre era dueño de una gran industria textilera y su madre, una mujer de negocios que manejaba el área de las tiendas de telas de la más prestigiosa calidad. Grayson era el menor de tres hijos. Sus hermanos mayores ya estaban casados, por lo que él pasaba mucho tiempo con su primo Ronaldo, quien tenía su misma edad.

No podía dormir pensando en su sonrisa y en la forma tan firme en la que me tomó de la mano, mientras su boca me decía "bonita". Repetía ese momento en mi cabeza una y otra vez.

CAPÍTULO 2

CLARISSA, CLARISSA... SIEMPRE TAN INTRÉPIDA

2 CLARISSA, CLARISSA... SIEMPRE TAN INTRÉPIDA

A la mañana siguiente, no podía dejar de pensar en la visita del día anterior. Pensarán que estoy exagerando, pero sólo alguien que ha conocido el amor a primera vista puede entenderlo. Me arreglé rápidamente. Me recogí el cabello y me puse la falda y las botas que recién me había traído mi mamá de su viaje a Italia. Ella se sentó en mi cama y quería que le contara todo acerca de Grayson Matthews. Como dos amigas, bromeamos y luego se levantó para mostrarme un aromatizador de lavanda que había comprado en Roma. Al acercarlo a mí, inmediatamente reconocí el aroma a flores que estaba en todos lados en nuestro hogar. Recordé que Grayson me dijo que esta fragancia peculiar de mi casa le recordaba las flores de un bello jardín.

Al llegar al colegio, vi a Clarissa entrando por la puerta. Con una mirada acusadora, le reproché que no me avisara de sus planes antes de aparecerse en mi casa con el primo de su amigo. Ella pícaramente se reía y me repetía lo mucho que le gusté a Grayson. —Si no tuviera novia, estaría perfecto para ti —dijo Clarissa un poco apenada.

Este comentario me quitó la sonrisa. Luego, me explicó que Grayson tenía una novia que en algún tiempo fue su vecina y que luego empezaron una relación. Yo no lo podía creer pero Clarissa me aseguraba que él fue una víctima en todo este asunto. Esta amiga lo presionó a que luego de un beso, empezaran esta relación. Grayson se sentía atrapado y todos sus amigos sabían que sólo estaba con ella por compromiso. Al terminar de hablar, me explicó que su relación con esta chica estaba a punto de terminar porque no se llevaban del todo bien y él realmente no la quería.

7

Todo el día en el colegio, me la pasé pensando en que Grayson tenía novia y que me daría mucha pena si ella supiera que él fue a mi casa y me dijo "bonita". Me sentí un poco burlada por todo esto, así que decidí poner mi atención en otras cosas y no volví a pensar más en él.

CAPÍTULO 3

PASARON NUEVE MESES...

3 PASARON NUEVE MESES...

Después de nueve meses de no saber de Grayson Matthews, el destino nos volvió a poner cara a cara. Clarissa y yo decidimos ir al concierto de nuestro grupo favorito para celebrar nuestra pronta graduación del colegio. Estábamos terminando los últimos trabajos que teníamos que entregar y viendo los detalles del concierto, motivo por el cual, pasé toda la tarde en su casa.

A pesar de estar tan ocupadas, aún así, sentimos como si el año escolar se hubiera pasado volando. Me había dedicado a ir al gimnasio todas las tardes después de clases para enfocarme en algo positivo y no estar pensando en distracciones y dediqué el resto del tiempo en trabajar para cumplir mi meta de graduarme con honores. Ahora, teníamos la emoción de empezar la universidad.

Ese día en la tarde, Clarissa y yo paseábamos por su vecindario luego de trabajar en su casa por varias horas. Me presentó a muchas de sus vecinas y amigas. Caminábamos de regreso hacia su casa, cuando cerca de nosotros, se detuvo un Mercedes gris oscuro. Al instante que lo vi bajarse del coche, me di cuenta que era Ronaldo, el amor de Clarissa y que junto a él estaba Grayson y, déjame ser sincera, si un día lo vi guapo, hoy estaba guapísimo.

Me hice la indiferente y ni lo volteé a ver. No quería demostrarle interés, después de todo, había pasado mucho tiempo desde que nos vimos y lo más importante era que él tenía novia.

Grayson saludó a todas rápidamente hasta acercarse a mí. Sin saber que yo era el motivo por el cual se habían detenido en su auto, me volteaba hacia un lado, tratando de ignorarlos y parecer distraída. En ese momento no lo sabía, pero luego, él me lo dijo, que ese día se enamoró de mí. Al acercarse, me dio un beso en la mejilla y me saludó con una mirada tierna. Pareciera que de verdad le daba mucho gusto volver a verme. Ante tal saludo, no me quedó más que ser amable y sin darnos cuenta, estábamos disfrutando de una conversación muy amena.

Ese día, yo también me enamoré de él. No puedo explicar cómo, pero realmente él y yo nos entendíamos muy bien y teníamos muchas similitudes.

Grayson pasó el resto del día con nosotras. Ya ni hicimos planes para el concierto con Clarissa. Ella muy disimuladamente, se llevó a Ronaldo y al resto de amigas más alejado para dejarnos a Grayson y a mí conocernos mejor.

Grayson comentó, en el transcurso de la plática, que ya no tenía novia. Me dijo que esa relación fue un poco difícil desde el principio. También me tomaba de la mano cada vez que podía y me sonreía con esa sonrisa que me derretía de emoción. Conocerlo y compartir con él ese día dio inicio a una amistad muy especial.

Capítulo 4

No lo puedo creer, nos vamos a mudar...

4 NO LO PUEDO CREER, NOS VAMOS A MUDAR...

Luego de varias semanas de vernos todos los días, Grayson, al fin, me dio un beso. Antes de todo, me pidió que fuera su novia y luego se acercó a mí y por fin me besó. Él me dijo que nunca se había sentido así con nadie. En cada momento conmigo, él descubría lo que significaba el amor. Suena cursi, pero yo lo entendía perfectamente porque yo me sentía igual. Por un lado, él era mayor que yo pero un poco inmaduro. Yo, en cambio, siempre he sido más madura en mi personalidad que mis amigas. Pienso que Clarissa, desde un principio, sabía que los dos tendríamos una buena química.

Sus amigos y familia me dieron una cordial bienvenida a sus vidas. Nunca habían visto a Grayson tan emocionado en una relación. Cada vez que me miraba, le brillaban esos ojos color miel. Él se impresionaba a diario de mis detalles y los dos nos sentíamos muy felices de habernos conocido y de haber empezado una relación.

Yo, nunca antes, había asociado el olor a lavanda con la felicidad, pero este nuevo aromatizante que había traído mi madre de su viaje, me hacía asociar una cosa con la otra. Este olor a flores, me recuerda hasta el día de hoy, las veces en que nerviosa bajaba las escaleras para encontrar al guapísimo de Grayson esperando por mí en la sala. Siempre tan agradable, tan seguro de sí mismo, tan bien vestido y con esa gran personalidad. Me deslumbraba cada día más.

Así pasamos Grayson y yo varios años de nuestra vida... enamorados y felices. Éramos el uno para el otro. Lo mejor de todo es que nuestras familias nos apoyaban y todos estaban emocionados por nosotros dos. Éramos los mejores amigos y realmente el complemento uno del otro. Él era mi gran amor y yo, el suyo. No sé ni cómo explicarlo, pero siempre que pasábamos tiempo juntos, haciendo cualquier cosa, era un momento muy especial, como si la vida se detuviera y cada minuto era eterno y en nuestro mundo, no importaba nada más que él y yo.

Nos veíamos a diario. Yo lo acompañaba a hacer trámites de su carrera o cuando no había nada que hacer, íbamos al cine o compartíamos con nuestros amigos. Él conocía mis gustos y siempre me llenaba de detalles. Mi familia y yo viajábamos seguido por los negocios de mi padre. Él a veces nos acompañaba o sino me deslumbraba con las sorpresas que me tenía cada vez que regresaba y nos volvíamos a ver. Varias veces me sorprendió cuando se aparecía en cualquier parte del mundo dónde mi familia y yo estuviéramos. Con tal de verme y pasar tiempo conmigo, él hacía cualquier cosa. No importaba que estuviera ocupado en su carrera, siempre lograba conseguir permisos y viajaba a última hora para encontrarse con nosotros.

Todo en nuestra relación era perfecto. Mi amor y yo éramos inseparables ante el mundo. Mi amiga Clarissa hasta se ponía celosa porque ya no compartíamos como antes. Siempre que tenía tiempo, lo dedicaba para que Grayson y yo estuviéramos juntos.

Una tarde que regresé a la casa, noté a mi mamá un poco triste. Se sentó junto a mí en la cocina mientras me servía un pedazo de pastel que había sobrado del almuerzo. Me miró a los ojos y me dijo que las cosas no estaban bien con mi papá. Las lágrimas rodaron en sus mejillas y yo la abracé con todas mis fuerzas mientras lloraba desilusionada. Por un momento, pensé lo peor, pero fue entonces que empezó a hablar.

Me comentó que las cosas no estaban bien en los negocios y que mi padre había decidido dar por perdido el negocio familiar. Al cerrar las oficinas, no quedaría más remedio, que mudarnos a Valle Azul para poder estar más cerca de sus fincas y cosechas. A este punto, esto era lo único que podría darle ganancias significativas para mejorar sus finanzas. Mi padre tenía varias propiedades y cultivos en este lugar y así podría dedicarse a supervisarlos más de cerca.

—¿Mudarnos al campo? —le pregunté mientras desesperada subía el tono de mi voz. ¿Cómo podría simplemente alejarme de todo y acostumbrarme a vivir en Valle Azul, un pequeño pueblo sin nada más que un bello lago y varias millas de plantaciones, haciendas y ganado? No estaba segura si podría alejarme de mis amigas de toda la vida y vivir lejos de la ciudad. Lamentablemente, no había mucho que pudiera hacer para cambiar las cosas. Si ya era una decisión tomada, sería muy difícil que mis padres cambiaran de opinión.

Capítulo 5

Viaje a nuestro nuevo hogar..

5 VIAJE A NUESTRO NUEVO HOGAR...

Sin pasar mucho tiempo, ya estábamos listos y empacados para mudarnos a Valle Azul. Grayson vendría con nosotros en este primer viaje que hacíamos para conocer la casa que mi padre había comprado para establecernos. Nos iríamos en caravana, todos juntos, pero repartidos en varios autos. Uno de los trabajadores de mi padre vendría con nosotros, manejando el camión de la mudanza.

A Grayson no le preocupaba que nos mudáramos a Valle Azul. Eran nada más dos horas en carro y 40 minutos en el ferry para atravesar el lago y así poder llegar. No estaba tan lejos y Grayson pensaba venir a visitarme cada vez que pudiera y hasta ya tenía el permiso de mi padre para quedarse algunas noches en la recámara de visitas y pasar con nosotros el fin de semana.

Mi hermano Arturo, también, dejaba a su novia Pamela en la ciudad. Ella vendría con Grayson un par de veces a la semana, mientras que mi hermano iría a la ciudad a verla cada vez que pudiera. No estábamos muy contentos con el arreglo pero no había otra opción.

Grayson y yo manejamos el coche de carreras de mi padre rumbo a Valle Azul. Mi hermano y Pamela, llevaban la camioneta grande, acompañados por mi hermanita, Kelly. Mis padres se ocuparían de manejar cada uno su propio auto. El trabajador llegaría con el camión de mudanza unas horas más tarde.

Grayson me tomaba de la mano cada vez que podía durante todo el viaje hacia Valle Azul, mientras yo lloraba porque me costaba mucho dejar atrás a mis amigas y mi vida en la ciudad. —Clarissa y

Ronaldo quedaron de visitar pronto —dijo Grayson mientras trataba de animarme.

Yo le comentaba que visité ese pueblo un par de veces cuando era una niña, pero no me recordaba mucho del lugar, sólo que habían bastantes hacendados y que varias veces fuimos invitados a cenas y recepciones en sus casas. Una vez, Arturo y yo, con los hijos de uno de ellos, nos escapamos y nos fuimos a caballo a recorrer la playa. Me recordaba que tenían una casa preciosa cerca de un molino y que la pasamos muy bien.

Al llegar a Valle Azul, nos quedamos sorprendidos de la hermosa casa que mi padre había comprado. Era una cabaña gigante en una propiedad bastante amplia. El camino de terracería en la entrada parecía eterno; levantaba una nube de polvo por lo seco del camino.

Pasamos por las caballerizas para finalmente llegar a la entrada de la casa. Varios de los empleados nos estaban esperando con ansias por conocernos.

Esos primeros días en nuestro nuevo hogar no estuvieron tan mal. La casa era muy cómoda y tranquila. Grayson se quedó con nosotros todo el fin de semana.

Una tarde, mi hermano y Pamela nos convencieron de salir a conocer el pequeño pueblo y tratar de encontrar los pocos restaurantes y lugares de diversión de esta nueva área.

Ya el domingo en la tarde, llevamos a Pamela y a Grayson hasta el muelle en donde tomarían el ferry de vuelta a la carretera para regresarse a la ciudad. Nos despedimos con un abrazo y se fueron caminando hacia la parte de adentro. Al verlos partir y ya a la distancia, las lágrimas empezaron a rodar sobre mi rostro.

Al voltear la mirada, me sorprendí al ver a un muchacho alto viéndome fijamente. Este momento se quedó grabado en mi memoria, porque fue la primera vez que vi a Glenn Fisher. Me miraba directamente a los ojos. Tratando de disimular, volteé la mirada y me sequé las lágrimas. Alcancé a ver que sacó un pañuelo del bolsillo e iba a tratar de dármelo, cuando yo para evitarlo, me di la vuelta para regresar al coche donde me esperaba Arturo, mi hermano.

Capítulo 6

El chico del pañuelo...

6 EL CHICO DEL PAÑUELO...

Ese extraño que me miraba fijamente me llamó mucho la atención. Era un joven muy atractivo y distinguido. Tenía los ojos azules más penetrantes que he visto. Su porte alto y fuerte se enfatizaba más con su vestimenta vaquera. Sus pantalones de mezclilla y camisa azul combinaban muy bien con su sombrero de cowboy. Ni por un minuto, dudé que sería alguien del área. De seguro el hijo de alguno de los hacendados vecinos.

Mientras me alejaba, sentí que alguien por detrás me tocaba el hombro. Al voltear a ver, me di cuenta que este extraño me había seguido y que su idea de ofrecerme un pañuelo seguía en pie.

Me sentí avergonzada y me di la vuelta y empecé a correr rumbo a mi casa. En el camino de terracería, me alcanzó Arturo, quién me estaba esperando en el auto cerca del muelle y no estaba muy contento de haber tenido que alcanzarme casi en la carretera luego de verme correr a la distancia.

Todo ese día, me la pasé encerrada en mi cuarto. No quería pensar en lo lejos que estaba de Grayson. Él se fue y ahora estaba a muchas millas de distancia, mientras yo no tenía ni idea de cómo sería mi vida en este nuevo lugar. Me sentía un poco confundida y me preguntaba cómo sería el estar separados.

De repente, escuché música muy fuerte. A mis padres les encantaba bailar boleros. Como dos enamorados bailaban mientras la música sonaba desde la sala. Me levanté y junto a Kelly, admirábamos su bello baile mientras se miraban tan enamorados. Ellos no pensaban en las dificultades sino en que estaban juntos. Viéndolos bailar, me recordaba que Grayson y yo también teníamos una canción que nos gustaba mucho y que ni siquiera la habíamos bailado, ni una sola vez. Ahora, cada vez que la escuchara, pensaría en que estábamos separados.

Al irnos a dormir, Kelly y yo platicamos por un rato. Luego, al apagar la luz, me quedé pensando en ese muchacho alto que me quiso dar su pañuelo en el muelle. ¿Quién sería? Me sentí un poco mal de alejarme y no responderle a su gesto de amabilidad pero no era ni el lugar ni el momento. Sí me sorprendió su semblante y me pareció que era de muy buen ver, pero no me agradó su tenacidad y poco tacto al acercarse a mí e interrumpir así ese momento en el que acababa de ver partir a mi gran amor.

Capítulo 7

Adaptándonos a Valle Azul...

7 ADAPTÁNDONOS A VALLE AZUL...

Los días pasaron, y poco a poco, nos fuimos acostumbrando a nuestra nueva vida. Grayson cumplió su promesa de visitarme todos los fines de semana. Era emocionante despertar y saber que él estaba tan cerca, durmiendo en la habitación de al lado con mi hermano Arturo y sus amigos.

Un sábado por la mañana, mientras estaba de visita, me desperté muy temprano y con ansias esperaba a que llegara la hora de volverlo a ver luego de su llegada la noche anterior. Me palpitaba el corazón de emoción, al saber que pasaría con nosotros algunos días.

Al abrirse la puerta de su recámara, Arturo salió primero, corriendo me levanté y me arreglé el cabello. Quería que Grayson me viera preciosa. Le dije buenos días a mi hermano y luego detrás de él alcancé a verlo. Me cautivó su sonrisa. Con sus ojos tiernos, me vio y se acercó para abrazarme. Él, al igual que yo, estaba feliz de verme. Nos amábamos tanto y no había nada mejor que compartir este tiempo los dos juntos nuevamente.

Clarissa y Kelly hicieron panqueques para el desayuno. Arturo y sus amigos comieron de prisa, porque iban hacia el muelle a recoger a Pamela, la novia de mi hermano, quien venía a pasar unos días con nosotros.

Grayson y yo nos mirábamos disimuladamente, mientras comíamos y escuchábamos a Clarissa y Kelly reír y narrar sus aventuras en la cocina, ya que era la primera vez que las dos preparaban el desayuno y aparentemente fue toda una odisea.

Grayson me tomaba de la mano bajo la mesa y me miraba fijamente con tanta dulzura, como si de verdad lo único que le importaba en el mundo, era estar frente a mí. Yo podía notar su inmenso amor y podía estar segura que era totalmente sincero cuando me decía que nunca antes había sentido lo que sentía por mí. Él me llevaba cinco años y estaba a punto de terminar su carrera de abogado. Yo, en cambio, acababa de terminar el colegio. Para cualquiera había un mundo de diferencias entre nosotros, pero en realidad, nuestra relación era tan sencilla, simplemente dos personas que se amaban y fue amor a primera vista.

Ya en la tarde, mi padre regresó de revisar sus plantaciones de café. Había salido desde temprano, porque esperaba regresar antes de que el calor se pusiera insoportable. Vino justo pasada la hora de la comida. Nosotros veníamos regresando de la playa, en donde pasamos toda la mañana nadando en el lago y disfrutando entre amigos.

Arturo, Pamela y sus amigos nadaron hasta llegar a un muelle viejo y abandonado. Grayson, Clarissa, Kelly y yo nos quedamos a medio camino, y decidimos regresar nadando a la orilla, ya que mi hermana se sentía un poco débil luego de pasar tanto tiempo bajo el sol. Fue por esto, que decidimos regresar a la casa y fue cuando nos encontramos con mi padre en la puerta a punto de salir a buscar algo para cenar.

Mi madre y mi abuela acomodaron toda la comida que habían comprado en el mercado del centro y no habían tenido tiempo de preparar nada de comer. Mi padre se subió a su camión de trabajo y empezó a tocar la bocina, esperando que todos termináramos de vestirnos y que saliéramos rápidamente para manejar rumbo al restaurante.

Por error, había mandado al taller, al mismo tiempo, todos sus otros vehículos para darles mantenimiento y la única forma de transporte en este momento era este camión de jaula que había traído de su hacienda y que utilizaba para transportar caballos y vacas.

Nunca antes habíamos viajado en un camión así. ¡Fue todo una aventura! Mientras mi padre, mi madre y mi abuela compartían el espacio de la cabina, Clarissa, Kelly, Grayson y yo estábamos viajando en la parte de atrás, todos de pie porque no había dónde sentarse y nos movíamos de un lado a otro, mientras íbamos por el camino de terracería del pueblo.

¡Viajar de esta forma fue divertido! Nos permitía disfrutar del viento en nuestra cara y de ver aún más de cerca la belleza del lugar. ¡Éramos muy dichosos! Sin darnos cuenta, la vida nos había dado los mejores lugares para ser testigos de un atardecer inolvidable.

Grayson me abrazó y me sostenía, asegurándose que no me fuera a caer. Kelly y Clarissa bromeaban, aunque estoy segura de que por dentro les hubiera gustado tener a alguien que las consintiera tanto como mi amor me consentía a mí.

Valle Azul era un lugar bonito y pintoresco. En un momento estabas en el centro del pueblo, pero en unos minutos ya estabas en medio de la naturaleza. ¡En ese viaje en el camión, me enamoré de Valle Azul! Era tranquilo, precioso, junto a la playa. En toda el área, la vista era espectacular. El ambiente de campo hacía la vida más fácil y ligera.

Mientras veía el atardecer y el sol que se iba metiendo en medio del lago a la distancia, rodeada del verde de los campos y en los brazos de Grayson, me sentía privilegiada por tener a mi familia y este gran amor en mi vida. Atesoraba este momento en mi corazón.

Llegamos al restaurante Luna del Cielo. Era una pequeña casa a la orilla del lago. La familia de italianos que operaba este lugar un día llegó a Valle Azul y se enamoró de su belleza, por lo que decidieron establecerse en el área y abrieron este curioso restaurante familiar.

Servían su comida local con un toque de la gastronomía europea, ahí mismo, en su propia terraza. Su mayor atracción no era sólo los mariscos con ese exquisito sazón italiano, sino que la vista del hermoso lago y la media luz de las velas al aire libre. ¡Realmente un lugar de ensueño!

Al estar esperando que nos sirvieran, comentábamos que la vida en Valle Azul era calmada y bastante sencilla. Aquí vivían muchos hacendados que habían hecho una fortuna labrando las tierras de este bello lugar, pero también era sede de una industria pesquera bastante grande. La vida en general de los habitantes de este lugar era calmada y productiva. Se podía apreciar el lujo de sus mansiones y a la vez, la sencillez de sus corazones. ¡Era un lugar único en toda la tierra!

Comimos el pescado asado y la pasta casera más rica del área. No fue casualidad que este pequeño restaurante fuera recomendado por los socios de mi padre. Grayson y yo nos sentamos uno frente al otro, y mientras comíamos, era como si no hubiera nadie más a nuestro alrededor. Disfrutamos de nuestra charla y fuimos testigos del hermoso atardecer a la luz de las velas.

Ya en la noche, Grayson y yo caminamos nuevamente hacia la playa. Los dos vestíamos nuestros trajes de baño debajo de nuestra ropa regular. Había tanto calor en Valle Azul, que pienso que todos ahí vestían de esta forma casi siempre para poder echarse una buena zambullida en el agua cuando fuera necesario para apaciguar el calor tan sofocante del lugar.

Grayson me tomó de la mano y me pidió que juntos fuéramos hacia el muelle abandonado. Yo tenía un poco de miedo de nadar en la oscuridad pero a la luz de la luna, le seguí el paso y me eché al agua. Juntos nadamos hasta llegar al muelle.

Al llegar al mismo, nos subimos por una escalera que había al lado, y caminamos con mucho cuidado entre los bloques de madera y los espacios de los faltantes, que por lo viejo del muelle, ya se habían caído. Grayson se sentó en la orilla y yo le seguí.

Juntos admiramos la luna llena resplandeciendo en la obscuridad de la noche. Con ternura en sus palabras, Grayson me dijo que me la regalaba para que siempre al verla, a lo largo de mi vida, me recordara de este momento juntos en el viejo muelle del lugar.

Yo le prometí que así lo haría y nos tomamos de la mano, para luego echarnos al agua y nadar de vuelta a la orilla. Esa noche no podía dormir, pensando en su regalo tan especial. No necesitó de diamantes o cosas costosas para agasajarme. Con la luna del cielo, me regaló algo inigualable para toda la vida.

CAPÍTULO 8

UNA VISITA INESPERADA VIENE PARA LA CENA...

8 UNA VISITA INESPERADA VIENE PARA LA CENA...

Varias semanas después, fui a Nueva Esperanza. Esta era una ciudad muy cercana a Valle Azul. Era pequeña pero aquí se encontraba ubicada la sede de una de las universidades más prestigiosas del área, reconocida internacionalmente. Era mi sueño estudiar arquitectura así que no iba a permitir que se me fuera de las manos la oportunidad de alcanzarlo.

Cuando entre a la cocina, le mostré a mi mamá mis papeles de inscripción y quise platicarle de mi visita al centro. Ella disculpándose, me interrumpió para informarme que mi padre había invitado a sus tres nuevos socios y sus familias a cenar a la casa sin previo aviso.

Mi mamá se veía bastante ocupada. Por un lado, instruía a la cocinera acerca del menú que se serviría, y por el otro, trataba de tener todo listo a último minuto. Yo comprendí que lo mejor sería hablar luego de mis planes y ofrecí ayudarle para tener todo listo para la cena de esa noche.

Luego, me metí a bañar y me puse un vestido negro con encajes que tenía guardado. Me levanté el cabello con una peineta y me maquillé suavemente. Me hubiera encantado que Grayson nos acompañara pero él llevaba varias semanas de viaje por su carrera y no habíamos tenido oportunidad de compartir mucho tiempo juntos últimamente.

Le traté de llamar antes de bajar a la cena de mi padre pero nuevamente entré a su buzón de mensajes. Le había dejado ya varios sin recibir respuesta, y aunque sabía que estaba muy ocupado, extrañaba escuchar su voz.

Después de dejarle un nuevo mensaje, me levanté de mi cama y me dirigí rumbo a las escaleras. Podía escuchar ya a varias personas platicando en la sala. Yo sabía que debía atender muy bien a las visitas de mi padre porque esto era muy importante para sus negocios.

Al terminar de bajar las escaleras, me quedé sorprendida y sin habla cuando vi en una esquina a ese extraño del pañuelo. Mi mamá me tomó de la mano y me presentó a los Fisher. Esta familia de renombre eran dueños de una de las haciendas más grandes de Valle Azul. Me presentaron a sus tres hijos, Sally la más pequeña y sus dos hermanos Flavio y Glenn. Ahora, ese extraño del pañuelo tenía nombre... Glenn Fisher.

Sally y Flavio me saludaron muy amablemente, mientras que Glenn volteó la mirada y no hizo nada por siquiera saludarme. Su mamá, doña Hilda Fisher, se disculpó por él rápidamente y lo excusó, diciendo que él era una persona de pocos amigos. No entiendo qué habrá querido decir con eso, pero Glenn guardó esa postura de indiferencia durante toda la noche.

 Luego que llegaron los Robles, con sus bellas gemelas Bría y Ana Celeste, me di cuenta que él tenía sonrisa, ya que las saludó y bromeó con las dos. Cuando llegó la otra familia de los Carmona, Glenn se dirigió al hijo de ellos, Juan José. Un muchacho muy atractivo y fornido. Parecía que eran grandes amigos ya que se la pasaron juntos por el resto de la noche.

Yo traté de ignorar a Glenn de la misma forma en que él lo hizo conmigo. Platiqué con su hermano Flavio y me pareció un muchacho muy agradable. Me sorprendió su educación y cultura. Sally y Flavio me comentaron acerca de varios viajes familiares a Europa y a otras partes del mundo. Me platicaron de la colección de antigüedades de su mamá, doña Hilda. Parecía ser una familia muy unida y cosmopolita, a pesar de vivir en un pequeño pueblo.

Después de cenar, pasamos tiempo en la terraza, junto a la chimenea de piedra en la salita de estar. Mi padre y sus nuevos amigos jugaban cartas en la mesa de atrás y las mujeres platicaban de moda europea al calor del fuego. Yo traté de ser amable con nuestras visitas y me gustó mucho platicar con las gemelas, quienes eran muy agradables y cultas. Me sorprendió saber que hablaban tres idiomas. Eran unas chicas bastante dulces y carismáticas.

Flavio y Sally también disfrutaban de la velada, platicando y riendo con Glenn y Juan José. Glenn nunca me saludó ni me hizo el menor caso toda la noche. Arturo y Pamela estuvieron platicando todo el tiempo con ese grupo, aunque noté que Glenn tampoco les puso mucha atención. Ahora empezaba a comprender a su mamá cuando se refirió a él como hombre de pocos amigos.

Al final de la noche, todos nos sorprendimos cuando don Gustavo Fisher, ya con sus copas, le dio tremendo golpe en la espalda a Glenn, mientras decía con orgullo que su hijo mayor sería su futuro sucesor en los negocios. Glenn se vio avergonzado y por un momento pensé que iba a responder con una grosería al gesto de su padre, pero al parecer se contuvo y se salió por la puerta principal y fue lo último que vi de él por el resto de la noche.

Todavía tengo grabados sus ojos azules, encendidos en ira y lo arrogante de su expresión mientras se daba la vuelta y se alejaba en la oscuridad de la noche.

Todos se despidieron muy satisfechos, llenando a mi mamá de cumplidos y felicitaciones por tan agradable velada. Ella quedó fascinada de sus nuevas amigas y yo también me sentí muy bien de conocer gente nueva en Valle Azul. Ahora que mis amigas estaban tan lejos, sería bueno contar con nuevas amistades. Sally me abrazó y nos invitó a pasar una tarde en su casa. Nos dijo que su propiedad tenía acceso a la playa por el jardín. Quedamos en llegar pronto cuando mi amiga Clarissa estuviera de visita.

Mientras se iban a sus coches, pude ver que Glenn estaba esperándolos adentro del auto. No volteó ni siquiera la mirada, ni hizo el menor gesto por despedirse. Parecía una persona difícil y complicada. A mí no me importó en lo más mínimo, realmente yo sólo pensaba en Grayson y en que pronto lo volvería a ver.

Capítulo 9

Glenn inventó una gran mentira...

9 GLENN INVENTÓ UNA GRAN MENTIRA...

—¡Eso no puede ser! —dije molesta mientras le daba un golpe a la mesa de la cocina. Arturo y Pamela estaban callados. Acababan de decirme todo lo que Glenn se pasó diciendo de mi novio Grayson durante la velada.

Arturo, mi hermano, era muy evitado de problemas por lo que no hizo ningún comentario de lo que pasaba. A mí me hervía la sangre de la furia que sentía en ese momento cuando escuchaba la terrible historia que envolvía a Grayson en una situación bastante embarazosa.

Glenn aseguraba que compartieron una velada juntos, con el mismo grupo de amigos de la ciudad, para celebrar la despedida de soltero de uno de ellos. Durante esta celebración, Glenn decía que recibieron la visita de varias chicas y que Grayson se fue con una de ellas al final de la noche. Esto, según Glenn, sucedió tiempo atrás, probablemente cuando empezaba su relación conmigo.

Yo me sentí tan enojada de escuchar tremenda barbaridad y esperaba que Arturo y Pamela fueran discretos y que esta calumnia no llegara a oídos de mis padres.

¡Me sentía avergonzada! El buen nombre de mi novio estaba relacionado con una situación tan desagradable. Además pensaba que Glenn me había ignorado toda la noche, en lugar de hablarme a mí de esta situación. Probablemente, a él no le daba pena verse involucrado en dicho lugar y en las mismas circunstancias en las que trataba de acusar a mi novio con todos los de la reunión.

Yo tenía ya varios días de no saber de Grayson, y tal vez el miedo a perderlo, me hizo actuar de la manera en que lo hice.

Salí corriendo hacía las caballerizas y me monté en mi yegua favorita, la que mis padres nombraron Diamante. Cabalgué sin descanso hasta llegar a la hacienda de los Fisher. Ya sabía que era la que quedaba a la salida del pueblo. No pensé ni siquiera en lo que iba a decir, pero siguiendo un impulso, decidí enfrentar a mi manera este problema.

Alcancé a ver a Glenn poniendo unos pedazos de leña cerca de la tarima de entrada a su propiedad. Me bajé del caballo y lo empujé con todas mis fuerzas. Así le borré la sonrisa en los labios al verme venir. Parecía que le hubiera dado gusto verme de lejos, pero no se imaginaba la forma tan abrupta en que me acercaría a él para reprocharle lo que hablaba de mi novio.

Fijamente, me miró a los ojos y con fuerza me agarró de los brazos para controlar la situación y evitar que le siguiera pegando. Mis lágrimas hablaban por mí. Yo le dije que era un atrevido y que se disculpara ahora mismo por las mentiras que decía de Grayson. Él me soltó y volteó la mirada nuevamente a lo que estaba haciendo con esa leña. Ni siquiera me vio a los ojos cuando aseguró nuevamente que todo era verdad. —A mí no se me olvida una cara — me dijo, mientras colocaba otro pedazo de leña en el contenedor que estaba llenando.

Yo lo escuché y por un momento comprendí el porqué Grayson no se estaba comunicando conmigo. Tenía sentido si fuera cierto, pero yo sabía que era una mentira. Yo estaba segura del amor de Grayson y no iba a creerle a un arrogante de pocos amigos, como dijo su mamá.

Me di la vuelta y corrí con todas mis fuerzas hacia el caballo y cabalgué toda la tarde por el sendero y llegué hasta un río. Angustiada, pensaba en las acusaciones de Glenn y la actitud reciente de Grayson.

Después de pensar mejor las cosas, decidí no darle importancia a un chisme malévolo. Al final de todo, nuestro amor era diferente y ni Grayson ni yo teníamos motivos para dudar uno del otro.

Regresé a mi casa y encontré a mi novio esperándome en la sala. Grayson me había traído rosas blancas, mis favoritas. Yo lo abracé y ni siquiera le dije acerca de ese chisme ni de lo que había sucedido. Yo confiaba plenamente en él y su excusa de tener mucho trabajo era convincente. Ni Arturo ni Pamela se atrevieron a comentar jamás lo que Glenn les dijo durante esa reunión. Pienso que decidieron callar por mí y para evitar malos entendidos con alguién que siempre los había tratado muy bien.

Grayson y yo pasamos esa tarde juntos, viendo películas del Viejo Oeste. Ya en la noche, Clarissa y Ronaldo se nos unieron y compartimos todo el fin de semana juntos, jugando ajedrez y cocinando con mi familia.

Los buenos momentos me hicieron olvidar el enojo y la experiencia tan desagradable que había pasado con Glenn. No había ninguna duda de que éramos tan diferentes.

CAPÍTULO 10

NOTICIAS DE UN RODEO EN VALLE AZUL...

10 Noticias de un rodeo en Valle Azul...

Pasaron casi dos años desde esa reunión con la familia de Glenn y los otros socios de mi padre en aquella velada en mi casa.

Los veía a todos de vez en cuando, pero por todo ese tiempo, no volvimos a cruzar ninguna palabra con Glenn. Generalmente, él no asistía a ninguna de las reuniones en donde coincidimos con su familia.

Supe por sus padres que Glenn tenía una novia en Nueva Esperanza y que esta chica, Silvana, ocupaba la mayor parte de su tiempo. Yo la conocí una vez cuando Sally y yo estábamos en el lago juntas y ella me la presentó. Silvana era arrogante y poco simpática. No me sorprendía que Glenn y ella estuvieran juntos en una relación ya que eran muy parecidos en su forma de ser.

Viendo el muelle viejo a la distancia de la playa, pensaba que nuevamente me había quedado sin Grayson. El pobre tenía tanto trabajo ahora que ya era todo un abogado.

Después de la gran fiesta que le hicieron sus padres, don Edmundo y doña Raquel Matthews, cuando recibió su título, Grayson se tomó un año completo para viajar solo por Europa y visitar Barcelona para asegurar sus futuros planes de trabajar ahí.

Yo sabía que muy pronto sería su esposa. Él estaba haciendo su postgrado en el extranjero y quería que muy pronto nos casáramos y me fuera con él a Barcelona a vivir por unos años mientras labraba su camino profesional y trabajaba en una prestigiosa firma de abogados españoles.

Yo tenía ya toda la información de la universidad en donde seguiría con mis estudios cuando llegara el momento de casarnos y seguir con esos planes de vivir en el extranjero.

Mi mamá ya le había informado de todo a mi padre y ellos estaban muy felices con la situación. Grayson se había convertido en otro hijo más para ellos y no esperaban nada menos de él que hacerme su esposa.

Mi novio, por el momento, ya llevaba más de un año de vivir en Europa. Me venía a visitar seguido y habíamos podido manejar la situación muy bien. Me llamaba todas las noches desde Barcelona, en donde estaba familiarizándose con los abogados de la firma y adaptándose a su trabajo.

Cada vez que Grayson se iba, luego de venir a visitarme, el tiempo pasaba lentamente y lo único que me animaba era que mi amiga Clarissa venía a pasar conmigo casi todos los fines de semana. Yo la ayudaba con sus trabajos de su carrera en modas y ella me ayudaba a mí, con los de arquitectura.

Ronaldo, el primo de Grayson, y Clarissa llevaban tiempo sin hablarse, ya que su relación había terminado hacía ya varios meses. Ahora, no teníamos otra forma de saber las cosas que pasaban en la familia Matthews si no era porque Grayson me las comentaba a mí. Por eso, Clarissa, siempre que venía, me cuestionaba de todo acerca de mis pláticas con él para así mantenerse enterada de lo que pasaba en la vida de Ronaldo. Parecía que guardaba la esperanza de volver con él.

Un viernes por la noche, mientras caminábamos por un helado, nos encontramos con Sally Fisher acompañada de las gemelas Bría y Ana Celeste Robles. Las tres nos saludaron muy cariñosamente como si de verdad nos vieran como sus grandes amigas. Yo pienso que después de tanto tiempo, ya lo éramos y eso hacía las cosas más fáciles ahora que mi novio estaba lejos. Clarissa bromeó con ellas luego de que nos invitaron al rodeo de Valle Azul, el cual sería al día siguiente.

Los Robles tenían un balcón privilegiado, en donde junto con el Alcalde de Valle Azul y otros hacendados prestigiosos, disfrutaban todos los años de este evento. La entrada a este balcón privado era muy estricta, ya que querían evitar las aglomeraciones que se hacían en el área popular. El rodeo era un evento que atraía a mucha gente de Nueva Esperanza y por lo tanto, si pensábamos llegar, sería mejor que aceptáramos inmediatamente la invitación a dicho balcón privado.

Yo había escuchado de este evento en los años anteriores, pero nunca me había interesado en asistir ya que no conocía realmente a nadie del lugar. Ahora que mis nuevas amigas me invitaban, pensaba que sería divertido acompañarlas, y de paso, ver cómo los toros y caballos de mi padre hacían su debut en la categoría de presentación ganadera y de caballos de paso de este año, concurso que era parte de la clausura del rodeo.

Al ponerse las botas vaqueras, Clarissa reía y bromeaba diciendo que ya éramos parte de la comunidad de Valle Azul. Ella era de la ciudad y, a diferencia mía, su padre nunca viajaba por ningún motivo al campo. Desde que su madre falleció, su padre se volvió muy sobreprotector y la llevaba con él a todos sus viajes por Europa y Estados Unidos. Él era muy estricto en cuanto a qué lugares permitía que Clarissa visitara para así protegerla de incomodidades innecesarias.

En mi caso, mi padre era un vaquero de corazón y a pesar de tener varias empresas en la ciudad, siempre tenía haciendas y plantaciones de café en el campo, las cuales visitábamos muy a menudo desde que yo era niña. Para mí, era muy normal ver caballos y vestirme de acuerdo al lugar.

Capítulo 11

Un rodeo de sorpresas

11 Un rodeo de sorpresas...

Glenn se quedó paralizado cuando llegó al balcón privado de sus amigos y nos encontró a Clarissa y a mí en el grupo. Entró al mismo tiempo que Flavio, su hermano, acompañados de Juan José, su mejor amigo.

Glenn se miraba muy bien. Su estatura alta y sus grandes ojos azules llamaban la atención a donde fuera, en especial, vistiendo esa camisa vaquera negra y su sombrero de cowboy blanco. Yo traté de ignorar su presencia cuando entró, aunque Clarissa los saludó a los tres muy amablemente. Ella estaba interesada en conocer mejor a Juan José, quien siempre la tuteaba y coqueteaba con ella. De momento, vi que se fueron para abajo y fue cuando Sally se acercó a conversar conmigo.

Por ella, supe que Glenn no se interesaba mucho en estos eventos. No terminaba de decírmelo, cuando abruptamente se anunció en el altavoz del escenario, la participación de Glenn en el rodeo, montando uno de los toros más peligrosos del área.

Mientras lo presentaban desde el escenario principal, Glenn tomó con fuerza el micrófono y aseguró que su abrupta decisión de participar en el evento era para impresionar a la chica más linda del lugar.

Todos nos quedamos sorprendidos y mientras sus amigos comentaban, yo alcancé a ver que con disimulo me sonreía y me veía fijamente, entonces comprendí que se refería a mí.

Yo me levanté de la silla y le pedí a Clarissa que nos fuéramos. En eso, llegó Sally y me dijo que Silvana se había enojado con Glenn porque no había querido llevarla al evento. Acababa de llamarla y le dijo que él se fue en la camioneta con Juan José y que dijo que, si ella quería ir al rodeo, que fuera sola.

—Entonces no se refiere a ella cuando dijo eso de la chica que quiere impresionar —dijo Sally confusamente—, Silvana se va a morir cuando le cuente —volvió a decir Sally. Yo, mientras tanto, me levantaba y buscaba una forma de escaparme antes de que se descubriera la verdad. Yo no quería problemas con Silvana y ni me interesaba lo que Glenn estaba haciendo. Sólo quería que nadie más se diera cuenta que lo estaba haciendo por mí.

Clarissa se despidió rápidamente de Juan José y mientras caminábamos hacia la salida, pudimos ver cuando Glenn salió montando ese toro bravo. Yo lo vi y sentí pena por él, arriesgarse así por alguien que no sentía nada. Aguantó unos cuantos minutos encima de esa bestia, antes de caer al suelo.

Todos sus amigos se acercaron a abrazarlo y felicitarlo. La gente aplaudía y gritaba emocionada. Parece que su acto de valentía impuso un nuevo puntaje y esto lo hacía ganador de esa ronda.

A lo lejos, alcancé a ver que me buscaba entre el grupo de la terraza, y vi cuando, confusamente, miraba hacia todos lados cuando no pudo encontrarme. Yo me dí la vuelta y caminé lo más rápido posible rumbo a la salida principal.

Cuando llegamos a mi casa, Clarissa se reía sorprendida mientras le platicaba que Glenn había montado ese toro por mí. Ustedes harían una linda pareja, me dijo, mientras yo le pegaba con la almohada para borrarle esa sonrisa pícara. Ella se reía y gritaba que eran bromas, mientras trataba de regresarme el gesto, haciéndome cosquillas.

Yo sabía que Clarissa era muy ocurrente, pero no me gustaba que dijera esas cosas porque yo tenía un novio a quien amaba y respetaba. Luego de todo esto, bajamos a buscar algo que comer a la cocina. A pesar de todo, la pasamos muy bien ese día del rodeo.

Capítulo 12

La feria ganadera y el baile popular...

12 LA FERIA GANADERA Y EL BAILE POPULAR...

Unos días después, supimos acerca del baile popular que se hacía para clausurar la semana de celebraciones en el pueblo. Ese día, Clarissa y yo fuimos a la feria ganadera desde la mañana y la estábamos pasando muy bien con las gemelas Bría y Ana Celeste.

Nos sentamos a comer un helado después de probar suerte en el tiro al blanco. Mientras platicábamos del baile popular, que sería esa misma noche, alcancé a ver en la distancia, a Glenn que venía entrando a la feria con su familia. Me fijé que Silvana no los acompañaba y en ese momento, me sentí con curiosidad de verlo un poco mejor. Noté, nuevamente, que era muy atractivo. Aparté de su altura y su buen vestir, tenía una sonrisa muy dulce que combinaba muy bien con sus ojos azules. Clarissa en ese momento me interrumpió, diciendo que me había quedado distraída. Inmediatamente, volteé la mirada hacia otro lado, y fingí estar interesada en la plática. No quería que se dieran cuenta de lo que estaba viendo porque no quería que se prestara a malas interpretaciones.

Después de que las gemelas nos rogaran para que fuéramos al baile de esa noche, terminamos aceptando. Yo no me sentía muy animada de ir al baile. No tenía muchas ganas de toparme con los Fisher o los Carmona, especialmente después de lo que sucedió días antes en el rodeo, pero las gemelas no querían ir solas, así que no pude negarme a acompañarlas.

Mientras nos arreglábamos para el baile, Clarissa buscaba entre mi ropa algo que ponerse, ya que no traía en su maleta nada para salir de noche. Ella se reía y bromeaba diciendo que veríamos de nuevo al "trío ojiazul". Así les decía en broma a Flavio, Glenn y Juan José, ya que los tres tenían ojos claros.

Yo no le ponía mucha atención a lo que me decía, ya que llevaba varios días de no saber de Grayson y empezaba a sentirme preocupada y bastante triste. Su actitud era muy extraña porque por más que le dejaba mensajes, no se comunicaba conmigo.

Su trabajo lo tendría muy ocupado. Me hubiera gustado quedarme en casa y desistir de la idea de ir al baile, pero ya me había comprometido con las gemelas y Clarissa tenía muchas ganas de ver a Juan José. Fue por esto que, entonces, nos seguimos alistando para el festejo final de las actividades de Valle Azul.

Capítulo 13

Un baile que despertó nuevas ilusiones...

13 UN BAILE QUE DESPERTÓ NUEVAS ILUSIONES...

Generalmente, Valle Azul era muy calmado y tranquilo. Durante estas fechas del año, se llenaba de gente, de turistas y de visitantes de todas las áreas allegadas. Muchos vecinos compraban nuevas crías de ganado durante la feria; también llegaban muchas bandas musicales de todos los lugares cercanos. No podemos olvidarnos del rodeo y la elección de la nueva "Señorita Valle Azul", quién sería la que representaría al lugar, durante todas las actividades que se hicieran por el resto del año.

Durante esta semana de locura, generalmente, yo me iba a la ciudad a pasar esos días con Clarissa y ver así a Grayson. Este año, decidimos quedarnos y pasarla en Valle Azul porque mi novio estaba lejos y porque Clarissa quería ver a Juan José.

A pesar de no tener a Grayson conmigo, tengo que aceptar que la habíamos estado pasando muy bien durante esta semana de festejos. Tuve la oportunidad de acercarme más a las gemelas y conocer así más de cerca a nuestras nuevas amistades en Valle Azul.

Asistir a todas las diferentes actividades fue divertido. Algunas veces, nos encontramos con Arturo, Pamela y sus amigos. Otras veces, con mis padres y Kelly. A donde fuéramos, teníamos que parar a saludar a alguien conocido del área y de mi universidad, ya que todos estaban de visita en Valle Azul. Todas las calles y lugares del área estaban llenas de gente y de distracciones. En cada esquina había música y diversión.

En la noche, nos vestimos rápidamente para irnos al baile. Yo me puse un vestido rojo de mezclilla que, para mi sorpresa, me quedaba muy bien. Lo tenía guardado desde hacía un tiempo y no era mi estilo pero me encantó en cuanto me lo probé y decidí ponerme los zapatos de tacón negros más altos que encontré. No los usaba desde que me mudé a Valle Azul, así que hoy en la noche sería la excusa perfecta.

Clarissa se puso mi vestido negro de encaje y se lo combinó con mis zapatos altos de brillantes. Las dos nos arreglamos y nos fuimos con mi hermano Arturo y Pamela hacía el salón de bailes del pueblo.

Flavio nos vio venir y le pidió a su ayudante que se ocupara de nuestro auto, mientras nosotros nos bajamos en la entrada y caminamos con él. Nos llevó hasta su mesa y, por supuesto, ahí estaban Glenn y Juan José.

Clarissa corrió a saludarlos e inmediatamente se fue a bailar con Juan José. Glenn y yo nos quedamos solos en la mesa debido a que mi hermano, Pamela y Flavio se fueron por más bebidas.

Glenn se acercó a mí y me saludó con un beso en la mejilla. Yo traté de mostrar indiferencia pero él trató de hacer conversación. —La música está muy fuerte —dijo Glenn. Yo no le contesté porque no tenía nada que decir o hablar con él.

Luego, cuando regresó Arturo y Pamela, él se alejó y nos dejó solos. Arturo me dijo que se notaba mi desagrado por Glenn y que tratara de ser amable porque ya había pasado bastante tiempo desde el incidente del chisme (más de dos años) y que además Glenn había recientemente ayudado a mi padre con la compra de unas reses, por lo que le vería más seguido en mi casa.

Yo comprendí que debía hacer un esfuerzo por ser más amable porque ya había transcurrido el tiempo y es cierto, yo lo miraba más maduro y menos grosero. Tal vez era momento de ser más cordial.

Le dije a Arturo que lo intentaría y él me abrazó y con su mano me acarició la cabeza. Mi hermanito era muy tierno y siempre buscaba ser el pacificador de los problemas.

Cuando regresó Glenn, se sorprendió cuando le dije que me gustaba su camisa. Me sonrió y me dijo que fue un regalo de cumpleaños que recibió de las gemelas algunos años atrás. Yo le sonreí de vuelta y por un momento sentí como si él y yo tuviéramos cierta conexión que nunca había notado. Tal vez, teníamos más similitudes de lo que me hubiera imaginado.

Yo no bailé esa noche, porque no estaba en mis planes. Aún pensaba en Grayson y no quería hacer nada que se prestara a malos entendidos. Glenn se acercó a mí un par de veces y platicamos un poco, mientras Arturo y Pamela bailaban y Clarissa y Juan José fueron por más bebidas.

Le comenté que me sorprendió que las gemelas nos cancelaran a último minuto. Él me sonrió y me dijo que le daba gusto que Clarissa y yo hubiéramos salido a divertirnos. Me comentó que los Robles saldrían muy temprano de viaje al día siguiente y que tal vez esa fue la razón por la que sus padres no les dieron permiso.

Curiosamente, ninguno de los dos tocamos el tema ni del rodeo ni de nuestras parejas. Yo no sabía por qué Silvana no estaba con él esa noche, ni él me preguntaba nada de Grayson. Simplemente, como dos extraños que coincidieron en un evento, platicamos acerca de nuestras familias y de sus planes para los proyectos que tenían en común.

Me sorprendió ver un lado de Glenn que no conocía. Parecía ser una persona tierna y hasta callada. Por nuestras pláticas, noté que él era muy dedicado a cuidar de los negocios familiares y tenía a su cargo varios de ellos. También mencionó que se iría pronto porque a él le gustaba levantarse temprano en la mañana y no le gustaba desvelarse. Por un momento, sentí que éramos bastante parecidos en nuestra forma de pensar. Jamás lo hubiera creído antes.

Me agradó que pudiéramos platicar esa noche, y aunque fue de una forma informal y con pausas, siento que de ahí en adelante surgió un tipo de amistad. —Al menos ya nos saludaremos y conversaremos si coincidimos nuevamente en algún lugar —le dije a Clarissa cuando fuimos al baño a retocarnos el peinado. Ella sonreía y decía que él fue muy amable; guardó su distancia y se portó muy caballeroso. Yo estaba de acuerdo, no me desagradó tanto como en otras ocasiones.

Al final de la noche, Glenn me dijo que él manejaba todos los días a Nueva Esperanza a la misma universidad porque estudiaba medicina. Me comentó que tenía muchos problemas con sus padres, porque decidió esta profesión en lugar de agronomía, que era lo que su padre quería que estudiara. Me sentí un poco mal por él, pero por dentro me dio gusto que eligiera una carrera tan humanitaria.

Platicar con él, me mostraba otra cara del Glenn Fisher que yo no conocía, y para ser honesta, ya no me parecía tan desagradable. Tal vez ahora comprendía un poco su actitud de pocos amigos. Su padre era bastante controlador y tal vez sólo estaba tratando de darse su lugar y alcanzar sus propias metas.

Me dijo que si quería, podía irme con ellos todas las mañanas. Él llevaba a Sally al bachillerato en ruta a la universidad. Me dijo que salían todos los días muy temprano, justo antes del amanecer. Para mi sorpresa, supe que él llevaba unas materias que se impartían justo en el mismo edificio donde yo tomaba mis clases de arquitectura.

Le agradecí su ofrecimiento de llevarme todos los días pero no pensaba aceptar porque no nos habíamos tratado lo suficiente. De esta forma nos despedimos y él se fue del baile antes que todos.

Capítulo 14

Por fin, noticias de Grayson...

14 Por fin, noticias de Grayson...

Clarissa me despertó con información que no me esperaba. Unas amigas de ella en Barcelona subieron unas fotos en las que aparecía Grayson abrazado de una chica. Clarissa me explicó que antes de que Grayson se fuera, fue ella misma quien le pasó el contacto de sus amigas en Barcelona por si se le ofrecía algo en su estadía.

—¿Quién es la chica de la foto? —le pregunté mientras sentía como las lágrimas empezaban a rodar por mi cara. —No la conozco pero es muy hermosa —dijo Clarissa un poco apenada.

En ese momento, tomé el teléfono y llamé a Grayson. Finalmente me contestó y tuvimos una gran pelea. Creo que una de las más fuertes en toda nuestra relación. Terminamos la conversación abruptamente y sólo le mandé un mensaje, diciendo que hablaríamos nuevamente de esto cuando viniera a visitarme.

Aún faltaban varias semanas para que viniera a verme, pero era mejor arreglar las cosas en persona. Él me dijo que me quería en un mensaje de texto que me escribió de vuelta. Ya no le contesté más y decidí desconectarme por un tiempo esperando que se calmaran las cosas.

Clarissa siguió investigando entre sus amigas y descubrió unas fotos también en España, durante estos días recientes. En una de ellas, se puede ver a Grayson, a lo lejos, en el rincón, en una mesa cenando con la misma chica. Con razón, todo este tiempo, no me contestaba los mensajes. —Estaría muy ocupado conociendo a esta nueva amiga

—me dijo Clarissa, mientras me trataba de reconfortar con unas palmaditas en el hombro.

En este momento, no contesté más preguntas de nadie. Si tenía que aclarar algo, sería únicamente con Grayson y no quería seguir con murmuraciones que sólo llegarían a separarnos.

Faltaba todavía un poco de tiempo para que Grayson regresara, así que decidí no hablar más del tema hasta su llegada.

Todos estos días fueron muy difíciles, pero traté de no pensar más en todo esto. Durante el fin de semana, fuimos a la casa de las gemelas y pasamos un buen momento entre chicas. Su casa tenía acceso a la playa privada por la parte de atrás del jardín.

Pasamos todo el día, compartiendo entre amigas, tomando el sol, comiendo fruta fresca y leyendo nuestras revistas de moda y belleza favoritas. ¡Esa tarde nos divertimos muchísimo!

De repente, ya al final de la reunión, se aparecieron Flavio, Juan José y otros amigos que nos vinieron a molestar. Nos perseguían, tratando de atraparnos para echarnos al lago desde el muelle privado. Yo me separé inmediatamente del grupo porque a mí no me gustaba jugar de esta forma, pero fue divertido observar a la distancia cómo atraparon a Clarissa y la tiraron al agua sin clemencia.

Sally y Kelly también corrían desesperadas porque ya se habían cambiado la ropa y no querían mojarse. Cuando las atraparon y las tiraron al agua, yo me reía y me alegraba de tener un grupo de buenos amigos, con quienes podía olvidar un poco la situación que estaba viviendo.

Al final, hasta a mí me persiguieron y todas paramos en el agua y tuvimos que nadar de vuelta a la orilla.

Cuando Flavio se acercó a mí, me dijo que era una lástima que Glenn no supiera que estábamos en casa de las gemelas. Me susurró al oído que él sabía lo bien que Glenn la había pasado, conversando conmigo, la noche del baile. Me aseguró que hubiera venido con ellos, en lugar de irse a su casa, si supiera que yo estaba ahí.

Yo no le hice caso a su comentario, aunque por dentro me preocupaba un poco que él estuviera enterado, no sólo de lo que platicamos en el baile, sino de lo que pasó en el rodeo. Tal vez ya sabía que Glenn montó ese toro por mí y yo no quería más problemas con mi novio.

Capítulo 15

Grayson regresa y se enfrenta a otro pensando que es Glenn...

15 GRAYSON REGRESA Y SE ENFRENTA A OTRO PENSANDO QUE ES GLENN...

Cuando Grayson regresó, hablamos por varias horas. Él aceptó que salió con esta chica de la foto de nombre Miranda Mazza. Ella era la hija del exitoso abogado Rodrigo Mazza, dueño del prestigioso bufete donde trabajaba Grayson en España. Su padre la consentía mucho y ella era su mano derecha en los negocios. También abogada y muy preparada para su cargo.

Su explicación se basaba en el hecho de que su jefe lo invitó a que pasara unos días en su casa de descanso con él y su familia. Luego, en un restaurante, Grayson se encontró con tres de sus buenos amigos del colegio que conocían a las amigas de Clarissa. Entonces, ante tal coincidencia, todos decidieron regresar juntos a Barcelona para encontrarse con ellas.

En un acto de cortesía, invitaron a Miranda a que los acompañara. Ella era tímida y reservada, por lo que Grayson se sintió con la obligación de cuidar de ella, mientras estuvieron paseando por la plaza y comieron en ese restaurante de la foto.

Me comentó que don Rodrigo lo había recibido en su compañía casi como a un hijo y se sintió presionado a corresponder a su bondad con este gesto de ver por su hija.

No hablamos mucho de ella, ya que lo importante para mí era la explicación de cómo estuvieron las cosas. En ese momento, no me importaba realmente tener más detalles de esta chica. Yo comprendí perfectamente la situación de Grayson tratando de ser caballeroso y atento con la hija de su jefe. Esto esclareció por completo el malentendido.

A pesar que resolvimos nuestras diferencias, nos encontrábamos en un momento muy difícil en nuestra relación. Este tiempo separados cambió las cosas entre nosotros. Lo sentía apartado, metido en sus propios pensamientos. Por un momento, lo tomé de la mano y le pedí que dejáramos de discutir. Él me abrazó y me apretó contra su pecho, diciéndome que nunca nos íbamos a separar. Yo lo abracé de vuelta y quise creer en sus palabras porque necesitaba sentir que todo estaba bien entre nosotros.

Ese día, tomamos varias decisiones con respecto a nuestra relación. Nos dimos cuenta que sería muy complicado el pensar en casarnos en este momento, ya que Grayson tenía que viajar por Europa con su jefe cada vez que se lo pidiera y yo quería terminar el año de arquitectura en Nueva Esperanza, al menos para prepararme mejor para nuestro siguiente paso de vivir juntos en España.

La verdad es que yo buscaba excusas para darnos tiempo y ver si nos acoplábamos a todos estos cambios. No quería arrepentirme cuando fuera demasiado tarde y me encontrara en un lugar tan distante, lejos de mi familia.

Luego de nuestra larga plática, le comenté a Grayson que Glenn y yo nos hicimos amigos. Él se puso furioso. Para mi sorpresa, le molestó que me hablara y me ofreciera llevarme a la universidad cuando sabía que yo tenía novio. Yo traté de explicarle que fue un acto de bondad solamente y que no me lo había ofrecido sólo a mí, sino también a Arturo e incluso incluyó a Kelly en los planes.

Por un momento, me pasó por la mente decirle lo que pasó en el rodeo, pero pensé que era mejor no empeorar las cosas. Sólo le puse mi mano sobre la de él y le dije que todo estaba bien y que no debía preocuparse de nada. Se quedó callado y yo también. Por un instante, me sorprendió su actitud agresiva en cuanto supo todo esto.

Cuando salimos a caminar por la plaza de Valle Azul, Grayson se veía indiferente y callado. Yo traté de animarlo, diciéndole que me comprara un helado de los que vendían frente al parque. Cuando caminábamos en esa dirección, venían saliendo de la tienda Flavio y Juan José.

Al verme, me sonrieron y cuando Juan José se acercó a querer saludarme, Grayson lo agarró del cuello y con el puño le pegó en la cara. Yo me quedé parada sin saber cómo reaccionar.

Flavio se metió inmediatamente a tratar de separarlos y alcanzó a sujetar a su amigo y lo haló para un lado, alejándolo de Grayson. Yo corrí y lo sujeté de un brazo. Le supliqué que se detuviera.

Su cara enardecida me lo decía todo. Le gritaba a Juan José con provocaciones, mientras caminaban alejándose a la distancia. Yo me sentía apenadísima y muy molesta por su actitud. Creo que lo confundió con Glenn y por eso lo atacó de esa manera.

Yo me di la vuelta y corrí hasta mi casa. No quise escucharlo y lo dejé ahí parado en medio de la plaza. Esta fue la última vez que nos vimos antes de que Grayson se fuera nuevamente para España a quedarse otra larga temporada. No puedo creer que este enfrentamiento fuera lo último que compartimos antes de que estuviéramos separados nuevamente.

Haberme puesto en medio de esta pelea ridícula no era cosa de caballeros. Me sentía molesta con él, pero a la vez, muy triste de que hubiéramos dejado las cosas así.

Esa noche, me quedé pensando en que Glenn sí sabía quién era Grayson, pero él no sabía quién de todos mis nuevos amigos era Glenn. Decidí guardar mi distancia de todos en Valle Azul para no causar más malos entendidos con mi novio.

Capítulo 16

La vida continúa en Valle Azul...

16 LA VIDA CONTINÚA EN VALLE AZUL...

Después del día de la pelea, las cosas se calmaron bastante. No visité más a mis amigas de Valle Azul y sólo me la pasaba con mi familia y con Clarissa cuando venía los fines de semana.

Al pasar los días, comprendí que Juan José, como todo un caballero, no dijo nada de la pelea con Grayson. Sus padres y los míos se hablaban con normalidad y esto me dio un gran alivio.

Algunas veces, vi cuando Glenn venía a visitar a mi padre y hablaban de las reses que compraron juntos. Nunca me acerqué a saludarlo pero me daba cuenta de que mi padre disfrutaba de sus charlas con él.

También me di cuenta de que Arturo empezaba una amistad con el trío ojiazul, ya que lo vi salir varias noches con ellos mientras Pamela estaba de viaje, haciendo un semestre de estudios en Viena.

Yo estaba más tranquila. Grayson y yo nos hablábamos todas las noches por el chat. Aunque estábamos tratando de solucionar los problemas que teníamos, a veces no hablábamos mucho, solamente unos cuantos minutos.

El cambio de hora nos afectaba bastante y en sus ratos libres, Grayson se veía cansado ya que laboraba horas extras casi todos los días. Ahora que ya trabajaba oficialmente para la firma, quería dar una buena impresión a sus nuevos jefes, especialmente a don Rodrigo. Esperaba también que su esfuerzo le abriera las puertas en su profesión y que pudiera ser tomado en cuenta para resolver casos más importantes que tomaba el bufete.

Nuestras pláticas se volvieron bastante superficiales. Yo no quería hablar mucho de mi vida para no provocar más problemas y él también se guardaba con discreción, las veces que salía con sus nuevos amigos en Barcelona. Aunque nos doliera, los dos sabíamos que nos estábamos desconectando uno de la vida del otro.

A veces, mientras hablábamos por teléfono, le entraban llamadas y mensajes de nuevos amigos y amigas que yo no conocía. Me interrumpía constantemente para contestarles o para reírse de lo que le escribían.

Yo no decía nada, pero empezaba a estar consciente que este era un momento crítico en nuestra relación. Grayson estaba a punto de alcanzar sus ideales. Las cosas por las que tanto había luchado y ahora sentía como que la relación conmigo, pasaba a segundo plano. Si las cosas entre nosotros iban a mejorar o a empeorar, no había nada que yo pudiera hacer al respecto. Me dolía ver que nuestro amor estaba colapsando, mientras estábamos tan lejos uno del otro.

Yo podría irme junto a él y dejarlo todo. Esto no sería una solución si las cosas entre nosotros estaban tan frías últimamente. Por más que yo trataba, había una distancia emocional entre él y yo que no podíamos evitar.

Cada vez que hablábamos, pensaba en esto y trataba de hacer un esfuerzo por seguir adelante y esperar que las cosas mejorarían.

Un viernes en la tarde, Kelly y yo estábamos en la casa, cuando las gemelas nos llegaron a recoger para pasar una tarde de juegos de mesa en su casa. Clarissa venía en camino para quedarse todo el fin de semana en Valle Azul.

Yo me miraba bastante delgada. Con todos estos problemas con Grayson no tenía mucho apetito por lo que ya había bajado unas cuantas libras. Me miraba delgada y pálida. Mi semblante también se miraba un poco triste. Por eso, decidí salir con las gemelas y disfrutar de esta tarde entre amigas.

Cuando llegamos a su casa, conocí a Noelle, una amiga que visitaba de la capital. Glenn y Juan José la conocían y se aparecieron al rato para saludarla. Glenn tenía una gripe bastante fuerte y sólo había salido de su casa para despedir a Noelle que pronto se iría a estudiar a Francia.

Más tarde, llegó Clarissa con Flavio, quien amablemente la trajo desde la capital, me levanté para darle un abrazo. Extrañaba tanto a mi mejor amiga. Ella llenaba mi vida de aventuras y era mi confidente. Era la persona que conocía todas las cosas que pasaban en mi vida.

Jugamos por varias horas. Noelle era muy agradable y muy amena compañía. Glenn y ella se conocían desde niños por lo que ella se pasó hablando sólo cosas buenas de él. Pienso que hasta lo apenaba con todas las cosas que decía.

Durante la reunión, Glenn sólo me miraba desde lejos y no me habló mucho. Su resfriado realmente le impedía acercarse a todos los que estábamos ahí. Tampoco jugó, sólo estaba recostado en un sillón y desde ahí miraba cómo jugábamos los demás.

Al verlo tan alejado, Kelly se ofreció a hacerle una limonada caliente, receta de mi abuelita, para ayudarle con la gripe. Entonces, acompañada de Clarissa, se fue para la cocina. Desde ahí me gritaron que fuera a ayudarles. Yo me disculpé con todos y me levanté para ir con ellas. Al final de todo, Glenn era un amigo más del grupo y no tenía nada de malo en ayudar con la limonada para que se mejorara su gripe.

Glenn se la tomó toda y luego se despidieron y se fueron. Flavio me dijo algo que no me gustó mucho antes de irse. Me susurró que Glenn no comía cosas ácidas porque le molestaban el estómago. Me dijo que yo debía de ser muy especial para que él no la rechazara. Yo me quedé seria y no le contesté nada porque pienso que Glenn sólo trató de ser amable. Al final de todo, no quiso ser descortés con Kelly quien fue la que se la ofreció.

Ese día, supe que Glenn y Silvana habían terminado su relación el día del rodeo. Tal vez por eso, sentí que se miraba un poco triste. Tal vez en realidad la quería y le dolía el haber terminado con ella.

Nos despedimos y nos fuimos corriendo a mi casa. Cuando llegamos, supe que Grayson me había llamado y que sólo me dejó el mensaje de que hablaríamos al otro día.

Me fui a dormir un poco triste por no habernos saludado. Empecé a pensar que era cuestión de tiempo para que Grayson y yo terminá-ramos nuestra relación. No le dije a nadie, pero lloré toda esa noche. Su frialdad y cambio de trato hacia mí me estaban matando de dolor. ¿Por qué mi Grayson no era tan cariñoso conmigo como antes? ¿Por qué ahora me trataba como a una extraña y no me hacía parte de su vida como antes? Estas preguntas no tenían respuesta en mi mente y me estaban carcomiendo el corazón.

Capítulo 17

Un adiós definitivo

17 UN ADIÓS DEFINITIVO...

Luego de que pasaron los días, un sábado por la mañana, desperté con la noticia de que Grayson estaba en la sala esperándome. Yo me sorprendí de esta linda sorpresa y corrí a ducharme, luego me vestí rápidamente y corrí a recibirlo.

Al bajar las escaleras, lo vi cuando se puso de pie para recibirme. Su mirada era fija y hasta un poco culpable. En este momento, supe que algo no estaba bien y que la razón que lo trajo hasta aquí no era nada positiva.

Me acerqué y le di un beso en la mejilla. Él respondió acercando su cara hacia mi boca, pero volteaba la mirada evitando verme a los ojos.

—¿Sucede algo? —le pregunté mientras sentía que el corazón se aceleraba en mi pecho.

Él se sentó, y viendo hacia el suelo, me dijo que venía a agradecerme todo el tiempo que le di a nuestro amor y que venía a terminar las cosas conmigo.

Yo me quedé parada frente a él sin saber cómo reaccionar. —¿Es por otra que me dejas? —alcancé a decirle cuando se dio la vuelta y se fue un momento al baño.

Me dejó sola en la sala por unos minutos. Yo me fijé que su teléfono celular estaba sobre la mesita. En un impulso, lo agarré y al abrirlo vi una foto de Miranda, la cual tenía guardada como base de fondo en la pantalla principal. En ese momento, me di cuenta que ella era algo más que una simple conocida. Yo me sentí morir en ese momento en que comprendí que ya no era yo quien ocupaba su mente y corazón.

Cuando regresó del baño, le hice la misma pregunta… ¿Es por otra que me dejas? Él no quiso responderme. Me dijo que el trabajo le iba a impedir seguir viniendo a visitarme. Yo le dije que no mintiera más porque ya había visto la foto de Miranda en su teléfono celular.

Grayson se echó a llorar y me dijo que lo disculpara y que si era cierto lo que yo decía. Me dijo que ya la había besado, y que por lo tanto, estaba empezando una relación con ella.

Me aseguró que, después de compartir más tiempo con Miranda, se daba cuenta de que ellos eran bastante afines, tal vez porque tenían la misma edad y hasta las mismas metas profesionales en la vida.

Yo lo vi fijamente y con indiferencia, le pedí que se fuera, señalando la puerta. Le dije que no me hiciera perder más mi tiempo. Yo no iba a hacer nada por detenerlo. Si así debían de terminar las cosas entre nosotros, estaba perfecto. Él se quedó parado sin saber qué hacer.

Él se acercó a mí y trató de abrazarme. Empezó a llorar desconsolado, diciendo que yo no me merecía todo esto. Acercó sus labios a los míos y trató de darme un último beso. Yo volteé la cara y con indiferencia le pedí que se fuera. —¡Lo que viniste a decir, ya me lo dijiste! —le contesté, mientras me sentaba en el sofá con la mirada perdida.

Grayson trató de abrazarme nuevamente. Cuando volví a alejarlo de mí, me vio con nostalgia, como si por un momento se hubiera arrepentido y esperaba que las cosas entre nosotros fueran como antes. Yo empecé a alejarme y a subir las escaleras. Él se quedó parado, dándome la espalda y limpiándose las lágrimas.

Yo esperaba que reaccionara y que me dijera que no era cierto que quería que termináramos. Por un momento, quise decirle que no me dejara, pero no hice nada por retenerlo. Él se acercó a la puerta y se marchó sin voltear a verme. Yo me quedé parada a media escalera y sólo escuché cuando cerró la puerta y luego cuando su auto se alejaba.

En ese momento, caí en cuenta de que mis temores se habían hecho realidad. ¡Grayson y yo ya no teníamos nada que ver! Él finalmente se había alejado para siempre de mi vida y por otra chica. ¿Cómo podía yo vivir con esto? Ahora… ¿Qué hacía con tanto amor? Hubiera querido correr y detenerlo, pero mi dignidad era más grande y me lo impidió. No iba a humillarme o a suplicarle amor a nadie.

Corrí hasta mi recámara y luego me caí al suelo. No pude llegar hasta la cama. No tenía fuerzas para levantarme. Estaba tan débil y tan sorprendida de lo que Grayson me había hecho. Sentía como si me faltara el aire para respirar. Revivía una y otra vez el momento en el que me dijo que estaba con ella y cuando encontré la foto de Miranda en su teléfono.

Cuando al fin pude levantarme, sólo llamé a Clarissa y le pedí que viniera a quedarse conmigo unos días. Ella vino y se instaló en mi casa por dos semanas completas. Esos días fueron tan duros, que prefiero no hablar de ellos ni entrar en detalles. Simplemente lloré hasta que no me quedaron lágrimas. Cada vez que me quedaba dormida, soñaba que Grayson venía a buscarme y que estábamos juntos de nuevo. Era tan difícil despertar y darme cuenta que mi realidad era otra. Con este dolor tan fuerte, le dije adiós a Grayson.

Los días pasaron y pasaron. Finalmente, tuve las fuerzas para levantarme de mi cama. Luego, poco a poco, empecé a hacer planes para seguir con mi vida.

Trataría de ir al gimnasio de Valle Azul todas las tardes. También, empezaría a trabajar en algunos proyectos que tenía en mente y así, poco a poco, iba a continuar la vida hacia adelante y dejar el recuerdo de Grayson atrás en el pasado.

Quise borrar de mi presente todo lo que pudiera recordarme a él.

Borré su número de teléfono del mío, me deshice de todos los regalos y las tarjetas que un día me dio, pero no pude tirar una de sus fotos. Era una fotografía de un viaje que hicimos con mi familia a Nueva York y estábamos cenando en un restaurante y nos veíamos tan felices. Esta foto la guardé en la parte del fondo de mi joyero.

Capítulo 18

Glenn y yo nos encontramos en un almuerzo...

18 GLENN Y YO NOS ENCONTRAMOS EN UN ALMUERZO..

—¡Gracias por la limonada! —me dijo Glenn cuando nos encontramos en el almuerzo en casa de los Vallejos, otra familia del área. Yo le sonreí y le dije que ya sabía que la acidez del limón le afectaba el estómago. Él me respondió que no quiso hacer sentir mal a Kelly y que por eso la aceptó y se aseguró de tomársela toda. Yo por dentro sentí alivio de tener razón en lo que había pensado esa noche. Me pareció que Glenn fue muy amable y caballeroso con las atenciones de Kelly y ahora, lo comprobaba.

Conversamos todos los del grupo durante la parrillada. Juan José y Flavio molestaban a Glenn y me contaban acerca de un fuerte que construyeron cuando eran niños, colina abajo, yendo por el sendero del bosque. Señalando exactamente el lugar, Glenn me tomó del brazo y me pidió que lo acompañara hasta la pequeña laguna donde lo construyeron.

Empezamos a caminar y fuimos bajando la colina. La belleza y la tranquilidad del área, me sacaron una sonrisa. Me sentí un poco apenada porque ya todos sabían de mi rompimiento con Grayson y se notaba que yo no la estaba pasando nada bien en este momento de mi vida. Estaba más delgada que nunca y con ojeras de tantas noches en vela llorando.

Pienso que Glenn trató de distraerme, hablándome de cuando eran pequeños y de cómo jugaban en la laguna. Sus ojos azules me miraban con ternura y me inspiraban paz y confianza. Cuando regresamos de nuestra caminata, se quedó con el grupo de los niños.

Los ayudaba a columpiarse y hasta jugó con ellos a las escondidas. Yo preferí regresar a la mesa y platiqué unos minutos con Sally y Ana Celeste, antes de despedirme e irme para mi casa. Aún no me sentía lista para estar en eventos sociales, así que caminé atravesando los campos y así llegué hasta nuestra propiedad. Mis padres se quedaron un rato más, ya que disfrutaban mucho de la compañía de todos sus nuevos amigos.

Durante la reunión, nuevamente, Glenn se ofreció a llevarnos a Kelly y a mí a Nueva Esperanza. Todos los días, él llevaba a Sally primero al colegio y luego se iba rumbo a su facultad.

Yo esta vez acepté su ofrecimiento. Con las prácticas de mi hermano Arturo, me sería más fácil hacer planes por otra parte. A mí no me gustaba manejar porque no había comprado el acceso al estacionamiento de estudiantes al principio del semestre y ahora no tenía un lugar donde dejar mi auto.

Quedamos en que nos recogerían todos los días, diez minutos antes de las seis. Kelly también aceptó encantada, ya que estudiaba en el mismo colegio que Sally.

Esa tarde, en la casa de los Vallejos, comprendí que la vida tiene también cosas buenas. Yo estaba alejada de todos los comentarios de la ciudad capital y estando en Valle Azul, donde nadie conocía a Grayson, me ayudaba a superar las cosas más fácilmente. También estaba agradecida por estar rodeada de nuevos amigos. ¡Era justo lo que necesitaba para empezar de nuevo!

En todo este tiempo, no volví a recibir una sola llamada de Grayson. Me dolió darme cuenta que nunca más volvió a comunicarse conmigo. Yo me salí de todas las redes sociales y trate de no seguirle la pista para poder olvidarlo.

Yo tenía un plan: Primero iba a olvidar su sonrisa. Luego, iba a olvidar sus besos y sus promesas de amor. Entonces, me enfocaría en las cosas buenas que me estaba ofreciendo la vida y un día, al mirar atrás, no me recordaría tan siquiera de su número de teléfono, y mucho menos del color de sus ojos.

La luna del cielo era un constante recordatorio de que una vez nos quisimos, pero en lugar de dejar que esto me doliera, lo usaba como una forma de motivación para luchar día a día por dejarlo atrás en el pasado donde Grayson se merecía quedar.

Es más, una noche viendo a la hermosa luna resplandeciente entre las flores de lavanda, que tenía mi mamá sembradas en el jardín, grité con todas mis fuerzas que iba a olvidar a Grayson Matthews. La luna me sirvió de inspiración para enfrentarme a mi realidad y luchar con todas mis fuerzas para no dejarme vencer. Esa noche, derramé la última lágrima de amor por él. No me permití a mí misma volver a llorar por alguien que no lo merecía y que no supo amarme.

Capítulo 19

Conociéndonos mejor...

19 CONOCIÉNDONOS MEJOR...

La primera vez que me subí a la camioneta de Glenn, me sentí bastante fuera del lugar. Recuerdo que la mañana era fría y que el viento soplaba fuertemente. Kelly y yo estábamos esperándolos diez minutos antes de las seis como habíamos quedado. Ellos se bajaron para saludarnos y Glenn hasta nos ayudó con nuestros libros. Sally se subió en la parte de atrás seguida por mi hermana Kelly. Yo no sabía cual sería mi asiento, pero Glenn me sugirió que lo acompañara en la parte de adelante. Me subí y me senté en el lugar del copiloto y le di una sonrisa apenada. Él me dijo que me pusiera cómoda y que tratara de dormir ya que era largo el camino hacia Nueva Esperanza.

Mientras manejaba, pude apreciar nuevamente lo bien que se miraba, recién bañado y con el cabello húmedo, que tenía peinado hacia un lado. Sus ojos azules sobresalían cuando no llevaba puesto el sombrero. Me llamó la atención lo pulcro de su persona. Su forma de vestir era moderna pero discreta. Además, noté que usaba una buena loción europea ya que el aroma era mesurado pero exquisito.

Poco a poco me daba cuenta que Glenn era una persona tierna. Su porte alto y fuerte, daba la impresión de que era diferente a lo que hoy estaba descubriendo de él. Me agradaba ver la forma en que se llevaba con su hermanita Sally. Él era bastante protector y cariñoso. ¿Quién lo iba a imaginar? Realmente, Glenn Fisher me sorprendía y no era para nada lo que en un principio me imaginé de él.

Durante todo el viaje, estuve callada. No tenía mucho qué decirle. Cuando fue saliendo el sol, él me dijo que viera la belleza del amanecer entre las montañas. Al voltear la mirada, me quedé fijada en la imagen y belleza del sol saliendo sobre los campos. —¡Qué gloriosa visión! —dijo Glenn, mientras yo no pude evitar sonreír discretamente porque me pareció un poco graciosa su frase. Él me sonrió de vuelta y fue lo último que hablamos hasta que llegamos a Nueva Esperanza.

El viaje de vuelta a Valle Azul por la tarde, lo tenía planeado hacer con Arturo, quien nos recogería después de sus prácticas. Algunas veces, tal vez me regresaría con Glenn y Sally, si Arturo no estaba disponible. Ese fue el arreglo al que habíamos llegado. De igual manera, ya me sentía bastante cómoda para pedirles ayuda a los Fisher, si necesitábamos regresarnos con ellos.

Capítulo 20

El día de la tormenta...

20 El día de la tormenta...

Pasaron varios meses y nosotros poco a poco nos fuimos acercando más a los Fisher. Por un lado, mi padre respetaba mucho a don Gustavo, quien era mucho mayor en edad. Mi madre se llevaba muy bien con doña Hilda. Hubo una ocasión en la que hasta viajaron juntas a México como chaperonas de una excursión con el grupo de bachillerato de Kelly y Sally. Recuerdo que todas regresaron encantadas de ese viaje donde compartieron y hasta compraron varias artesanías para vender en Valle Azul.

Mi hermano Arturo se llevaba muy bien con Flavio y con Glenn. Varias veces salían juntos y se la pasaban en casa de Juan José o los Vallejos, quienes también tenían un hijo de la misma edad, llamado Gerardo.

Yo trataba de guardar un poco mi distancia de los chicos. No quería involucrarme muy de cerca con nadie porque no quería dar las señales equivocadas. Yo aún estaba superando lo de Grayson y prefería hacer planes sólo con las chicas por el momento.

Clarissa ya no venía a Valle Azul tan seguido. Estaba muy ocupada con su carrera en modas y se juntaba bastante con su grupo de amigas para organizar los eventos que tenían que hacer para poder graduarse. Además, Juan José Carmona ya era cosa del pasado. Después de andar de novios por unos meses, terminaron y ya nada la ataba a venir por aquí tan seguido. Sólo nos hablábamos constantemente por teléfono.

Una tarde de junio, mientras estaba en la universidad, cayó una terrible tormenta. Recuerdo que llovía fuertísimo y se empezaron a inundar las calles y las carreteras allegadas a Nueva Esperanza.

Varias de mis clases fueron canceladas y por lo inconveniente del horario, no podía comunicarme con Arturo por más que le llamara. Cuando me di cuenta que ya no quedaba casi nadie en la universidad porque ya todos se habían marchado temprano, empecé a preocuparme de cómo me iba a regresar a Valle Azul. Pasé por los pasillos donde generalmente me encontraba con Glenn, pero no pude hallarle.

Para mi sorpresa me encontré con Gerardo Vallejos, quien amablemente, se ofreció a llevarme en su auto. Cuando empezamos a caminar hacia el estacionamiento de estudiantes, me quedé parada en la entrada, bajo el techo de la plaza. Gerardo corrió a traer su vehículo y me pidió que esperara por él en esa área techada para que no me mojara.

Yo me quedé esperando, y al verlo venir por mí, iba a empezar a caminar hacia su auto, cuando me fijé que la camioneta de Glenn se puso en medio para bloquearle el paso. Hablaron de carro a carro entre ellos y luego vi como Gerardo se alejaba por el carril auxiliar y fue entonces que Glenn acercó su camioneta hacia mí y me pidió que me subiera.

Por la lluvia, no lo pensé dos veces, corrí y me subí. Lo sentí un poco molesto y sólo me preguntó por qué estaba haciendo planes de irme con Gerardo cuando él era quien me llevaba de vuelta cada vez que Arturo no podía.

Me pareció un poco atrevido su comentario. —¡Glenn, yo soy libre y no soy de tu propiedad! —le contesté mientras me veía confundida. —Arturo me pidió que viniera por ti y yo le di mi palabra de llevarte con bien a tu casa —me respondió Glenn, mientras seguía manejando entre las corrientes de agua que se acumulaban en las calles—. Si te hubieras ido con Gerardo, no hubiera podido cumplir con mi promesa —me dijo Glenn mientras miraba hacia adelante.

Sally y Kelly no estaban con nosotros porque era día de feriado en su colegio y por lo tanto se quedaron en casa.

Ya no hablamos más hasta que noté que seguía una dirección distinta al camino de siempre. —¿A dónde vamos? —le pregunté cuando cruzó por una calle que no conocía. —Vamos a la casa de mi abuela, me contestó—. La carretera está cerrada y no podremos regresar a Valle Azul hasta nuevo aviso.

Cuando entramos a la casa de su abuelita, me senté en la sala y noté la decoración tan fina y lo elegante del lugar. Vivía en un condominio en un área muy prestigiosa de Nueva Esperanza.

—Espero que tu inglés sea bueno —me dijo Glenn, mientras traía con él a una niñita rubia preciosa. Me comentó que era su primita, hija de su tía Sarah, la hermana de su padre, quien vivía en Inglaterra y esta preciosidad estaba de visita, quedándose unos días en la casa de su abuela.

—¡Carlenne sólo habla inglés! —me dijo doña Francis cuando se acercó a saludarme. Yo ya había conocido a su abuela en una reunión de cumpleaños en la casa de Glenn, así que me acerqué para saludarla. Ella me sonrió y me abrazó. —¡Carlenne es muy bonita! —le dije mientras me acercaba para decirle hola a la niña.

Después de almorzar todos juntos, doña Francis se disculpó y nos pidió que nos quedáramos en la sala y que buscáramos en qué entretenernos porque era hora de su siesta con la niña.

Nosotros nos retiramos y nos fuimos rumbo a la sala. Glenn me ofreció un té y cuando me lo trajo, traía consigo una caja llena de fotos familiares.

Esa tarde, nos la pasamos viendo la colección de fotos de la familia Fisher que tenía su abuelita. Me enseñó a todos sus parientes y me mostró fotos de su abuelo. Me comentó que sus bisabuelos emigraron de Inglaterra y se establecieron en la capital por unos años, aunque luego se mudaron a Nueva Esperanza para empezar varios negocios familiares.

También me mostró una foto de un hombre llamado Salvador. Este hombre era conocido en la familia aunque no era parte de ella. Cuando me contó la historia detrás de esta fotografía, no pude contener las lágrimas. Resulta que este hombre fue el gran amor de su abuela. Un hombre que la amó pero que fue separado de ella por su familia. Cuando regresó a buscarla, ella ya se había casado y entonces él se alejó e hizo su vida. Luego, ella enviudó y fue a buscarlo, pero él estaba casado, entonces ella regresó derrotada y dispuesta a seguir con su vida. Volvió a casarse y luego de unos años, él regresó a buscarla, ya que él también había enviudado. Al encontrarla casada, se alejó y luego se supo que falleció de una enfermedad del corazón. Su abuela, enviudó nuevamente sólo un año después de su partida, pero cuando corrió a buscarlo sus nietos le informaron de su deceso. Fue una historia de amor que nunca se pudo realizar. Ella aún conservaba una fotografía y toda la familia sabía de él y de su amor imposible.

—¡Qué historia tan triste! —le dije a Glenn mientras me levantaba para disimular las lágrimas. Glenn se acercó a mí y me tocó los hombros por detrás. Con sus manos me dio la vuelta y nos quedamos viendo frente a frente. Sentí que iba a decirme algo cuando fuimos interrumpidos por Carlenne, quien traía con ella un juego de mesa de Monopolio.

Glenn se volteó y caminó con la niña hacia la mesa. Yo me acerqué a ellos y jugamos juntos toda la tarde. Doña Francis nos hizo un pastel y comimos todos en la mesa. Me encantó conocer a esta nena tan bonita y tan educada. Practicamos nuestro inglés y nos reímos de todas las cosas que la niña nos decía de sus aventuras en casa de la abuela.

Ya cuando se estaba haciendo de noche, nos despedimos de ellas y Glenn y yo empezamos nuestro camino de regreso a Valle Azul. Mientras íbamos manejando en la oscuridad, Glenn puso música de Maná, un grupo que nos gustaba mucho. Luego, disimuladamente me tomó de la mano y yo, por alguna razón, se lo permití.

Me la había pasado tan bien, conociendo más de su familia esa tarde, que me sentí bastante conectada con él. Después de un rato, con disimulo alejé mi mano y la puse en mi regazo. Él entendió la indirecta y ya no volvió a tratar de hacerlo nuevamente.

Al llegar a mi casa, le conté a mi mamá todo lo que había pasado y ella se alegraba de que hubiera pasado un buen día con Glenn. —¡Me gusta para yerno! —me dijo mi mamá mientras me sonreía. Yo le pedía que no bromeara así porque no había nada entre él y yo. No podía imaginarme teniendo una relación con nadie más que no fuera Grayson. Todavía no lo había olvidado.

Esa noche me acosté pensando en Glenn y en lo cerca que estuvimos toda la tarde. Me recordaba de ese momento en que nos quedamos viendo frente a frente. Sentí como si mis pensamientos regresaban a ese momento cada vez que pensaba en mi día. No sé qué me iba a decir Glenn, pero sentía curiosidad de saber que pasaba por su cabeza.

Después de darle vueltas al asunto, finalmente me pude dormir y al otro día, no vi a Glenn para nada. Pasaron un par de semanas y no volvimos a vernos, ya que tuvo que irse con su padre a ver unos negocios a la capital y estaría por allá algunas semanas más.

Capítulo 21

El beso que lo cambia todo...

21 El beso que lo cambia todo...

Luego de que pasaron varios días, decidí irme a la capital a visitar a Clarissa y a pasar una temporada en su casa, ya que había terminado el ciclo de mi carrera y tenía dos meses de descanso.

Durante esta visita en su casa, noté a Clarissa muy extraña. Cuando la confronté, descubrí cosas de mi amiga que no me gustaron mucho.

Primero, me enteré que había retomado su relación con Ronaldo, el primo de Grayson, y no me había dicho nada de esto. Ya llevaban varios meses de estar juntos nuevamente. Esta era la verdadera razón, por la que no llegaba a visitarme a Valle Azul como lo hacía antes.

Cuando empezamos a hablar de esto, noté que ella esquivaba algunas de mis preguntas y me cambiaba el tema. —¿Has visto a Grayson? —le volví a preguntar mientras la miraba fijamente. Ella se quedó callada y luego se puso a llorar y me pidió que la escuchara.

Resulta que Clarissa se fue con Ronaldo en un viaje secreto a Europa y mientras estuvieron en Italia, Grayson y su novia llegaron a pasar unos días con ellos.

Yo me quedé sorprendida al escuchar esta información. No podía creer lo que Clarissa me estaba diciendo. Cómo pudo irse así, a escondidas de su padre, y no sólo eso, sino también compartir con Grayson y Miranda. Eso fue bastante difícil de comprender para mí.

Clarissa continuó hablando y me dijo que Grayson y Miranda ya vivían juntos en un apartamento que compraron en España. Me dolieron sus palabras cuando se refirió a ellos como dos tórtolos en plena luna de miel.

No sé si lo hacía por molestarme o no se daba cuenta de sus palabras tan hirientes. También me dijo que Miranda le caía super bien y que ya eran hasta amigas. Yo la escuché y le dije que, cómo mi mejor amiga, ella no podía hablar de esta forma.

Me levanté de su cama y le dije que no quería escucharla más. Me metí al baño y ahí me quedé encerrada, pensando qué hacer o a quién llamar. No quería seguir ni un minuto más en su casa.

En ese momento, me recordé que Glenn estaba en la ciudad, aunque me daba pena hablarle así tan tarde, no quería estar más en casa de Clarissa. Cuando lo llamé y le pedí que me ayudara, me dijo que llegaría por mí en media hora.

Al rato, lo vi venir en su camioneta. Yo lo estaba esperando afuera en la calle. Él se bajó y se acercó a abrazarme. Me dijo que me subiera a la camioneta mientras él puso mi equipaje en la parte de atrás. Cuando me subí, me dijo que tendríamos que manejar toda la noche hasta llegar a Valle Azul.

Resulta que su padre, con quien estaba de viaje en la ciudad, no estuvo de acuerdo en que Glenn viniera a mi auxilio, pero él estaba tan preocupado por mí, que lo dejó hablando solo y se salió del hotel a recogerme, sin traer consigo nada de dinero.

Yo me sentí muy mal cuando me lo dijo. Le pedí que, por favor, me dejara en un hotel y que regresara con su padre. Glenn me dijo que ya no tenía caso; que su papá estaba enojado y era mejor esperar a que se le pasara. También me dijo que si se trataba de elegir, él siempre elegiría ayudarme.

Esas horas manejando sirvieron para que Glenn me contara de todos los problemas que tenía con su padre, don Gustavo, a lo largo de su vida. Parece que él tenía un carácter muy fuerte y violento. Paramos por un momento en la carretera porque las lágrimas empezaron a llenar su rostro. De repente, empezó a contarme de un secreto que había en su familia. Don Gustavo tenía una hija fuera del matrimonio con una asistente de su empresa. Además, me contó de una vez cuando era adolescente, y por defender a su abuela en medio de un altercado familiar, que se le fue con los puños a su propio padre. Esa vez tuvo que irse a vivir a casa de doña Francis por un tiempo. Después volvió a su casa pero las cosas nunca se arreglaron del todo y su mamá, doña Hilda, sufría mucho por esto.

Poco a poco, durante este viaje, Glenn me fue contando de todos los problemas que estaba teniendo con su padre porque estudió medicina en vez de agronomía como su papá quería. Don Gustavo utilizaba su poder y recursos para bloquearlo en su carrera de medicina cada vez que podía. Con mucho esfuerzo y sacrificio, Glenn había logrado terminar sus estudios, pero varias veces tuvo que cambiarse de hospital porque su padre sobornaba a algunos pacientes y hasta a algunos médicos para que le dieran una mala calificación. Con la ayuda de varios de sus profesores que estaban enterados de esta situación, lograba siempre encontrar una forma de solucionar los problemas, pero esto fue muy difícil. Él me reiteraba lo mucho que quería a su padre y lo que le dolía que las cosas fueran así en su familia.

Mientras nos detuvimos a la orilla del camino, sentí mucha pena por Glenn. Me dolió mucho verlo tan herido y me dolió más cuando pensaba que no se lo merecía. Lo que conocía de él era suficiente para saber el gran ser humano que era. Estaba convencida que era un gran hombre y un gran hijo. Realmente me dolía y no aguantaba verlo sufrir así.

Sin pensarlo siquiera, y en un impulso, yo me acerqué a él y cuando levanto la mirada y me vio de frente, me acerqué y le di un beso en los labios. Glenn, al principio, se sorprendió pero me correspondió y nos seguimos besando por unos segundos. Fue un beso tierno pero espectacular. Parecía que era lo que los dos necesitábamos en ese momento. Él puso su mano en mi cabeza y suavemente me acercaba hacia su boca. Los dos no nos lo esperábamos. Fue algo que surgió de repente, pero que los dos queríamos.

Los segundos pasaban y nuestro beso seguía sin terminarse. Por un momento, abrí los ojos y vi lo dulce de su expresión mientras me besaba con los ojos cerrados. En ese momento me alejé de su boca y luego solamente nos quedamos viendo sin saber qué decirnos. Él me abrazó fuertemente y me dijo que no sabía lo mucho que había pensado en este momento desde el día que me vio por primera vez.

Yo le sonreía un poco apenada y le decía que no me esperaba ser yo, la que le diera a él, ese primer beso. Él me sonreía de vuelta y me decía que no se lo hubiera imaginado mejor. En ese momento, se alejó de mí y empezamos nuevamente la marcha hacia Valle Azul.

Mientras manejaba el auto en silencio, de repente, me agarraba la mano y a veces la acercaba a su boca y la besaba. Ese viaje a Valle Azul fue tan especial. Nos sentimos tan conectados y parecía como que todo tenía un sentido diferente sólo porque estábamos juntos.

Yo me sentía tan feliz e ilusionada de estar con él. Sentía como si hubiera encontrado un nuevo amor sin estarlo buscando. No me imaginaba estar con nadie más. Glenn de verdad me hacía sentir muy especial y querida.

Varias veces, me reía y le decía que no podía creer lo lanzada que me vi al darle yo ese beso. Él se reía y me decía que fue lo más lindo que le ha pasado en la vida. Sus ojos azules se miraban preciosos, mientras me miraba con esa ternura que nunca antes había notado. Se veía realmente feliz y emocionado.

Cuando llegamos a mi casa, eran más o menos las dos de la mañana. Mis papás estaban en la puerta esperándome. Parece que don Gustavo había llamado para avisarles lo sucedido.

Me di cuenta que mi padre no le habló mucho a Glenn sino que le dio la espalda mientras me sacaba del auto un poco molesto. Yo volteé a verlo para decirle adiós y nuestras miradas se conectaron por un momento. Él se despidió rápidamente y se metió a su camioneta para retirarse rumbo a su casa.

Mi madre me abrazó y me dijo lo molesta que estaba con Clarissa. Ella estaba muy agradecida con Glenn por ayudarme y llevarme de vuelta a Valle Azul. Mi padre también comprendió que fue muy amable de su parte el haberme ayudado. Yo me despedí de ellos y al irme a dormir, me sentía como flotando en las nubes

No podía olvidar ese beso con Glenn. Fue tan inesperado y tan maravilloso.

Esa noche no pensé ni en Grayson ni en Clarissa ni en nada más que ese momento que vivimos Glenn y yo.

No sabía que iba a ser la próxima vez que lo viera, pero ansiaba que llegara ese momento. Sin darme cuenta, me había enamorado de este hombre tan maravilloso.

Capítulo 22

Glenn y yo...

22 GLENN Y YO...

A la mañana siguiente, Glenn se apareció en mi casa con unas rosas blancas, mis favoritas. Parecía que la emoción le había ganado el sueño y sólo esperó que amaneciera y corrió para regresar a mi lado. Ahí lo vi sentado en la sala, esperando por mí, con su sombrero de cowboy de siempre. Al verme bajar las escaleras, se levantó y me dio la mejor de su sonrisas. Yo me le acerqué y le agradecí las flores. Luego él se acercó a mí y con emoción inclinó la cabeza y me besó una mano.

Luego, me pidió que lo acompañara a cabalgar. Él mismo me ayudó a ensillar a la Diamante y él traía consigo a su caballo Tornado. Juntos nos fuimos mientras el sol de la mañana alumbraba los campos y pasamos a un lado de las plantaciones de lavanda. ¿Quién me iba a decir que la próxima vez que me acercara a este lugar, iba a estar tan feliz y con un nuevo amor? Esa mañana aún me sentía como flotando en las nubes y no podía creer cómo se estaban dando las cosas entre nosotros.

Nos fuimos cabalgando hacia el río que estaba entre los campos cerca de su propiedad y pasamos por los sembradíos de café cerca de su hacienda.

Llegamos a una planada a la orilla del río y fue entonces que se bajó de su caballo y sacó de una bolsa, la pequeña canasta de picnic que traía consigo en su caballo.

La acomodó en el pasto y puso la fruta, los vasos con jugo y los pastelillos que había agarrado de la cocina de doña Hilda. —¡Espero te gusten los enrollados de canela! —me dijo. Yo le sonreí y le dije que disfrutaba mucho de su lado romántico.

Cuando nos sentamos uno frente al otro, lo noté un poco nervioso, pero de repente, me pidió que lo escuchara y empezó a hablar algo que no me esperaba.

Me dijo que ese beso de anoche había sido muy especial, y que desde hacía ya mucho tiempo, él hubiera querido que todo esto se diera entre nosotros. Dijo que estaba seguro que Dios tenía un tiempo perfecto para todo, y fue por eso, que él simplemente se hizo a un lado y esperó a que si era la voluntad de nuestro Padre Celestial, las cosas se acomodarían y se darían por sí solas. Yo me sorprendí porque nunca me imaginé que Glenn fuera tan espiritual. No le estaba entendiendo muy bien a dónde quería llegar con esto que me decía.

Luego, se acercó a mí tiernamente y me abrazó. Me dijo que no quería desprestigiarme. Si fuera por él, primero hubiera querido hablarme de su amor por mí, luego comprometerse conmigo e inclusive hasta casarnos, antes de que este primer beso sucediera. Él no quería una relación conmigo que sólo fuera de momento. —¡Tú significas mucho para mí y no sabes cuánto le había pedido a Dios por este momento! —me dijo emocionado. Yo me quedé callada y lo seguía escuchando sin entenderle.

Poco a poco, me fue narrando de un momento que sucedió hace unos meses en su vida. Me contó que luego de una pelea que tuvo con su papá, uno de sus amigos del colegio lo visitó y lo invitó a ir con él a la iglesia. Glenn se sentía tan solo y tan perdido en su vida en ese momento que aceptó la invitación.

Me dijo que esa noche en la iglesia, sintió un dolor en su corazón por vivir su vida a su forma y alejado de Dios. En ese momento, se arrodilló y le pidió perdón. Varios miembros de la congregación se acercaron a orar por él. Glenn alzó sus ojos al cielo y en ese momento le pidió a Jesús que fuera el Señor y Salvador de su vida.

—Fue entonces que todo tuvo un sentido diferente —me dijo. Dios ha estado trabajando en su corazón y le ha dado paz y sabiduría para ayudar a su familia y para vivir de una forma totalmente distinta a como vivía en el pasado. Yo lo escuchaba y me sorprendió oírlo hablar tan emocionado de algo así.

En ese momento, sacó de la bolsa de su camisa, un anillo. Me dijo que tal vez yo pensaría que era algo precipitado, pero que él sabía que yo era la mujer idónea para él. Quería, en ese momento, mostrarme el anillo que había comprado para mí. Después de hablar con mi padre, si yo estaba de acuerdo, entonces le gustaría muchísimo que yo le diera el honor de ponérmelo y que aceptara ser su esposa.

Me levanté y me alejé un poco mientras asimilaba todo lo que me estaba diciendo. Glenn se levantó y me abrazó nuevamente y me dijo que me amaba. Yo sentía lo mismo por él. No sé ni cómo ni cuándo pero mi corazón se había enamorado de nuevo. Glenn y yo éramos muy compatibles. Era como si ya nos conociéramos de toda la vida. ¡Era como si nuestra conexión venía del cielo!

No le di una respuesta en ese momento. Simplemente, lo seguí escuchando y me siguió diciendo de su devoción por servirle a Jesús y de sus planes futuros. Me comentó que todos los domingos manejaba a Nueva Esperanza e iba a la iglesia con su amigo. También me dijo acerca de los planes que tenía de irse de misionero por algunos años a un lugar en Brasil, donde necesitaban mucho la ayuda médica que él ahora que se graduaba podría darles.

Me dijo que su papá no estaba de acuerdo con esto y que este viaje reciente a la capital, fue para llevarlo a conocer a su Pastor y darle toda la información sobre este viaje misionero en el cual ya estaba inscrito y al cual se iría en unas cuantas semanas luego de su recibimiento como médico.

También me dijo cómo en su corazón, él guardaba el anhelo de un día decirme que me amaba. Por alguna razón, sintió que lo mejor era esperar el tiempo de Dios. Con sus ahorros, fue a una joyería y él mismo diseñó ese anillo de compromiso que me estaba mostrando. Me dijo que desde el día del baile, él sabía que yo era la mujer que él amaba y fue al día siguiente cuando viajó a Nueva Esperanza y compró este anillo para mí.

Yo guardé silencio por varios minutos. Era mucha información un poco difícil de asimilar. Le dije que no podía darle una respuesta en este momento porque no me sentía preparada para irme lejos y acompañarlo a esta misión. Además, le dije que yo también quería graduarme antes de casarme y alejarme de Valle Azul.

Glenn guardó el anillo de nuevo en la bolsa de su camisa y me dijo que yo tenía todo el tiempo del mundo para decidir lo que quería hacer. Me comentó que sus planes eran el irse en las próximas cuatro semanas, después de recibir su título de médico.

Yo lo abracé y le dije que no se desanimara. Le pedí que se fuera sin mí, pero que yo llegaría a buscarlo cuando estuviera lista para casarme con él.

Él me abrazó y me dijo que desde ese momento hacia un promesa ante Dios de guardarse para mí. Yo le sonreí y le dije que me diera tiempo y que si era de Dios como él decía, los dos nos encontraríamos de nuevo.

Yo me sentía un poco confundida con todo esto que me había dicho de haberle dado su vida a Jesús. Yo iba a la iglesia de vez en cuando, pero no conocía este lado de Glenn. Ahora, entendía el porqué de su trato siempre tan caballeroso y servicial. Él se sentía comprometido a su caminar religioso y yo no estaba en el mismo sentir que él. Todo esto me cayó como un balde de agua fría. No sabía qué esperar de esta relación.

Nos despedimos con un abrazo y yo cabalgué de vuelta hasta mi casa. Me bajé del caballo y nuevamente me acerqué a las plantaciones de lavanda que estaban preciosas en esta época del año. Este era mi lugar perfecto para pensar acerca de todo esto que estaba pasando en mi vida. A pesar de estar iniciando esta relación con Glenn, y por la cual estaba tan emocionada, tenía también un poco de miedo de involucrarme con alguien así de religioso.

No entendía muy bien por qué iba a dejarlo todo para irse de misionero. Por un lado, lo admiraba por esto, pero por el otro, me sentía confundida y un poco atemorizada de no ser la mujer que él necesitaba a su lado. Yo no tenía esa cercanía con Dios. Yo no estaba en el mismo nivel espiritual.

Después de pensar las cosas, llamé a Glenn por teléfono y le dije que aún no hablara con mi padre de sus intenciones para conmigo. Le pedí que ante el mundo siguiéramos sólo como unos buenos amigos y que esperáramos el momento en el que, si era de Dios como él decía, estaríamos juntos.

Glenn me dijo nuevamente lo mucho que me amaba y me dijo que no me preocupara por todo esto. Seguiríamos como siempre y que él esperaría el momento en el que yo le dijera que estaba lista.

Asi fueron pasando los días, Glenn venía a visitarme cada vez que podía y nos seguíamos tratando únicamente como buenos amigos. Yo le ayudé a doña Hilda y a Sally a preparar esa bella cena para festejar que Glenn era ya todo un médico graduado. Nos quedó muy linda la celebración a media luz y con la bella participación de los violinistas que vinieron desde la capital. Ese día, Glenn me volvió a pedir que le permitiera hablar con mi padre de sus intenciones conmigo. Yo le dije que él ya se iba a la misión y que tal vez era mejor que esperáramos porque no tenía ningún caso hacer todo esto si tal vez la distancia iba a terminar separándonos.

Glenn sólo me tomó de la mano y me dijo que respetaría lo que yo quisiera. Yo le sonreí y le dije que le agradecía mucho todo el amor y todo lo lindo que había traído a mi vida. Nuestras palabras fueron como una despedida inminente.

Él me veía con sus ojos azules, vestido tan elegante con ese esmoquin negro. Yo también lo veía a los ojos, vistiendo de gala con un vestido de brillantes largo y con mi pelo recogido en una peineta. Los dos nos quedamos sin palabras, uno frente al otro, viendo hacia la fuente de la entrada al jardín en donde estaban todos los invitados disfrutando de la fiesta. Él me dijo nuevamente que Dios tenía un plan y que un día volveríamos a vernos. Yo sé que le estaba costando mucho irse y dejarme en Valle Azul.

Yo le sonreí, me di la vuelta y me alejé rumbo a mi casa. Esa fue la última vez que lo vi antes de que se fuera a esa misión en Brasil por los siguientes dos años. Mientras caminaba en la oscuridad del camino, alcancé a ver los fuegos artificiales que explotaban en lo obscuro del cielo, celebrando a Glenn y despidiéndolo al mismo tiempo de mi vida.

Capítulo 23

Clarissa viene a buscarme y me trae noticias de Grayson...

23 CLARISSA VIENE A BUSCARME Y ME TRAE NOTICIAS DE GRAYSON...

Los días pasaron y me sentí bastante triste de no recibir ni una sola llamada de Glenn desde que se había ido a Brasil.

Pasaron varios meses desde la última vez que hablamos cuando me llamó desde el aeropuerto para despedirse nuevamente de mí.

Mientras me estiraba en mi cama, esa mañana de sábado, recibí una llamada de Clarissa quien me dijo que venía camino a Valle Azul a hablar conmigo.

Me levanté y me arreglé para esperarla. Al fin, se apareció justo al mediodía. Tan linda, me traía una ramo de flores, y venía llorando, pidiéndome que la perdonara.

Yo sabía que ella era así de impulsiva, pero por dentro era una amiga de verdad. Yo la abracé y le dije que no peleáramos más. Esa tarde nos la pasamos encerradas en mi cuarto, platicando y poniéndonos al día de todo lo que había pasado en nuestras vidas desde la última vez que hablamos.

Clarissa se quedó helada cuando le comenté todo lo que había pasado con Glenn. Ella me decía que él era guapísimo y que además se le notaba que se caía de amor por mí desde el primer momento en que me vio. Yo me reía y trataba de no decirle nada más para no pensar en que él estaba lejos.

Esto era algo nuevo para mí y no quería volver a sufrir o pasar lo que ya había vivido con Grayson. Quería darle tiempo y esperar a ver cómo se daban las cosas.

Luego, cuando empezamos a hablar de Ronaldo, Clarissa se recordó de algo que supo recientemente acerca de Grayson. Resulta que estaba metido en un gran problema por culpa de Miranda. Cuando se descubrieron malos manejos en el bufete y por error se revelaron datos confidenciales de un caso muy importante, Miranda lo culpó inmediatamente a él y ahora estaba metido en una investigación, que de hallarse culpable, podría salir gravemente perjudicado. Grayson y Miranda estaban peleando y no se hablaban por todo esto que estaba pasando.

Clarissa me comentó que Grayson estaba de vuelta en casa de sus padres y que todo esto le estaba afectando mucho. Ronaldo estaba muy preocupado por su primo y todos estaban tratando de animarlo y apoyarlo ante esta situación.

Por el momento, no podía ejercer como abogado, así que estaba trabajando en la textilera de sus padres, mientras todo este enredo se esclarecía. Me dijo que doña Raquel alucinaba a Miranda y que no le caía nada bien por lo que le estaba haciendo a su hijo.

Me sentí muy mal de escuchar todo esto que le estaba sucediendo a Grayson. Yo sabía cuánto había luchado por llegar a donde estaba. Era muy triste que todo este problema le estuviera afectando de esta manera. Realmente, me dolió escuchar todo esto que le estaba pasando.

Clarissa me pidió que la acompañara unos días a su casa. Iba a ser su cumpleaños y Ronaldo le haría una gran fiesta con muchas amigas de nuestro colegio. Yo le dije que no estaba segura de querer ir pero ella me suplicaba que fuera. Por un lado, no estaba haciendo nada en Valle Azul, pero por el otro, tenía mucho miedo de toparme nuevamente con Grayson. No quería verlo ni por casualidad.

Después de tantos ruegos, acepté irme con Clarissa a celebrar su cumpleaños. Su padre tenía una casa de descanso en las montañas y ahí nos iríamos todos a pasar el fin de semana para el festejo.

Empaqué mis cosas y nos fuimos esa misma tarde. Este viaje estaba por traer tantas cosas del pasado de nuevo a mi vida presente. Estaba en un momento en el cual me sentía preparada para enfrentarlo y hasta deseaba volver a estar cara a cara con todo lo que un día me hizo tanto daño porque me sentía fortalecida.

Capítulo 24

Un viaje a las montañas y al pasado...

24 Un viaje a las montañas y al pasado...

Muchas cosas estaban cambiando de nuevo en nuestras vidas. Glenn se había recibido de médico y se había ido lejos por unos años. Mi hermano Arturo también se graduó y se fue a Viena para estar cerca de Pamela. Mis padres se fueron de viaje por Europa y se llevaron a Kelly con ellos. Yo me había quedado sola en casa porque estaba trabajando en un proyecto de arquitectura que mi padre quería que llevara a cabo en una de sus empresas.

Luego de trabajar tanto, y al recibir la visita inesperada de Clarissa, me fui con ella a celebrar su cumpleaños y a pasar una buena temporada en su casa.

Estábamos corriendo y empacando para irnos a su cabaña en las montañas para esa sonada fiesta de cumpleaños. La celebración se la estaba organizando Ronaldo.

Yo sabía que probablemente iba a ver a Grayson. No estaba segura de cómo estaban las cosas en su vida o si ya había arreglado su situación con ese problema, pero las probabilidades de verlo en esa fiesta eran altas.

Yo, por un lado, tenía curiosidad de verlo de nuevo. Por el otro, no quería que todo el dolor de nuestra despedida volviera a lastimarme el corazón. Ya lo había superado y hasta tenía una nueva ilusion en mi vida. Yo lo quise tanto que aún guardaba el anhelo de verlo nuevamente algún día y esta era mi oportunidad. Tal vez inconscientemente, esperaba que se dieran las cosas y que estuviéramos nuevamente frente a frente.

Al otro día en la mañana, se apareció Ronaldo, quien vino a recogernos desde temprano. Clarissa corrió a sus brazos y se miraban realmente tan enamorados. Ronaldo me saludó con una gran sonrisa. Luego, se acercó y me dio un fuerte abrazo que casi me parte en dos. Él siempre fue muy amable conmigo y yo sabía que era sincero al decir que se alegraba en verme de nuevo.

Ese viaje rumbo a la casa de las montañas fue divertidísimo. Nos la pasamos cantando y escuchando música de cuando Clarissa y yo estábamos en el colegio. Ronaldo la cambiaba y ponía rap cada vez que Clarissa se descuidaba. Nos la pasamos riendo y recordando viejos tiempos.

Cuando llegamos, Clarissa y yo nos instalamos en la recámara principal. Ronaldo se quedó en una de las de abajo, en el primer piso. Para nuestra sorpresa, ya habían llegado varios amigos de Ronaldo y amigas del colegio y estaban todos juntos platicando en la sala principal.

Fue un reencuentro muy bonito. Cuando llegué, todas las chicas se acercaron a abrazarme y a saludarme. A muchas de ellas no las había visto desde que me había mudado a Valle Azul. Fue bastante divertido platicar y ponernos al día con detalles de nuestras vidas. Me sorprendió darme cuenta que muchas de ellas ya estaban casadas y otras, ya hasta tenían hijos. No me había dado cuenta a qué hora crecimos y estábamos tan cambiadas, ya en este punto de nuestras vidas.

Luego de salir a caminar por unas horas, cuando regresamos con Clarissa, Ronaldo ya tenía todo preparado y listo para la fiesta.

Nosotras corrimos al cuarto para irnos a arreglar y mientras me estaba terminando de peinar, Clarissa regresó corriendo para informarme que Grayson había llegado y estaba preguntando por mí. No me lo había terminado de decir, cuando escuchamos que tocaba la puerta del cuarto y me preguntaba si podía pasar a saludarme.

Clarissa le abrió la puerta y lo saludó primero. Yo me acerqué y cuando lo vi, los dos nos quedamos callados viéndonos frente a frente. Él se miraba más delgado y hasta tenía unas cuantas canas en el cabello arriba de su frente. —Realmente ha pasado bastante tiempo —le dije. Él se acercó con una sonrisa y me dio un abrazo. Yo me sentí un poco incómoda cuando sentí tenerlo tan cerca.

Clarissa se salió y nos dejó solos. Grayson hizo un comentario de que me miraba muy bien. —¡Eres una mujer muy linda! —me dijo, mientras yo me alejaba para abrir de nuevo la puerta. Me salí al pasillo y él me siguió.

Me quedé callada mientras estábamos parados frente a frente. Había pasado bastante tiempo y aún no me reponía de la idea de tenerlo frente mí. Él estaba muy bien vestido, siempre a la moda. Se veía que su ropa era muy costosa y fina. Estaba perfectamente combinado desde la cabeza hasta la punta de sus zapatos.

Yo me arreglé muy bien esa noche y me puse un vestido plateado que brillaba a la media luz de la fiesta. Mis zapatos eran altos y mi cabello lo tenía lacio y suelto. Me maquillé también muy bien con colores metálicos.

Algunas de las chicas cuando me vieron desde abajo comenzaron a llamarme. Yo me disculpé con Grayson y bajé las escaleras para acercarme al grupo. Grayson también bajó las escaleras y se perdió entre la gente.

Durante la fiesta, notaba que él no me perdía de vista y que me tenía bien chequeada. Sabía exactamente dónde estaba en todo momento y con quién estaba hablando porque a lo lejos alcanzaba a verlo y varias veces nuestras miradas se toparon y él me regalaba la mejor de sus sonrisas.

Todo fue muy raro. Después de todo lo que un día habíamos vivido, hoy éramos dos extraños. Yo no conocía a este nuevo hombre, en el cual se había convertido. Lo vi platicando con todos y en diferentes puntos del salón. No lo perdí de vista tampoco. Sentía mucha curiosidad de voltear a verlo cada vez que podía. Se miraba tan distinto al muchacho dulce que una vez me amó.

Grayson, a cada momento, levantaba la mirada y me buscaba entre la gente. Realmente éramos los dos, quienes no nos perdíamos de vista uno al otro. Cuando me acerqué a la mesa de las bebidas, él se acercó a mí nuevamente y me pidió que saliéramos a la terraza por unos minutos. Yo accedí y nos fuimos juntos, caminando y pasando por todos los invitados hasta que llegamos a ese lugar donde por fin nos quedamos solos nuevamente.

Él me volvió a decir lo linda que me veía. Yo le sonreí y volví a mencionar que había pasado mucho tiempo desde la última vez que nos habíamos visto. Me sonrió de vuelta y me dijo que sí, que al menos un par de años. Los dos nos volvimos a quedar en silencio, viéndonos frente a frente.

Me hizo plática y me preguntó por mi familia. Yo le comenté que Arturo y Pamela se casaron en secreto y que vivían en Viena. Luego, le dije que Kelly se había graduado del bachillerato y que estudiaría leyes en Nueva Esperanza. Se sonrío varias veces mientras empezamos a recordar algunas aventuras que vivimos cuando recién nos mudamos a Valle Azul.

Durante toda esta plática informal que tuvimos, varias veces hicimos pausas, ya que Grayson continuamente, sacaba su teléfono y lo chequeaba como si esperara alguna llamada o algún mensaje nuevo. Le pregunté si estaba esperando recibir noticias de alguien, y me dijo que no, que era un mal hábito que ahora tenía. Era una manía constante y me dijo que sus padres odiaban que lo hiciera cuando estaba con ellos. Yo pensé que estaba bromeando pero luego me di cuenta que era cierto. Revisaba su teléfono a cada rato y a veces hasta sentía que le daba más importancia a eso, que a las conversaciones que tenía con todos los de la fiesta.

Clarissa nos llamó para ir con ella a partir el pastel. Le cantamos la canción de cumpleaños y cuando terminó de soplar las velitas. Ronaldo la interrumpió para en ese momento, ponerse en una rodilla frente a ella y pedirle que se casara con él. Clarissa gritaba de la alegría y lo abrazó mientras todos aplaudían porque le había dicho que sí. Esto era algo que nadie se esperaba y que Ronaldo tenía planeado desde hacía un tiempo.

Grayson y yo nos acercamos a felicitarlos y mientras se alejó con Ronaldo y su grupo de amigos, yo halé a Clarissa por un lado y le pedí que me acompañara hasta la recámara.

Le dije que no me sentía muy cómoda estando cerca de Grayson. Ella me dijo que también había notado lo cambiado que estaba desde que había regresado de España. Me dijo que ahora se la pasaba hablando únicamente de sus amigos en Barcelona y que hasta Ronaldo se sentía un poco desplazado ya que Grayson no lo tomaba en cuenta como antes.

Cuando le dije eso de la manía que tenía de chequear su teléfono, Clarissa se empezó a reír y me dijo que era un hábito horrible que había adquirido de Miranda, porque ella era igual.

Yo le sonreí pero por dentro me sentí tan decepcionada de ver en lo que Grayson se había convertido. Ese muchacho dulce que tenía muchas metas y sueños que alcanzar se había convertido en un hombre frío, distante, apartado y metido en un mundo egocéntrico y superficial. Qué tristeza me dio darme cuenta que no era para nada lo que yo un día me imaginé que llegaría a ser.

Mientras Clarissa despedía a todos los invitados, yo me salí nueva-mente a la terraza. Mientras miraba las estrellas, me recordaba de Glenn y de la vez en que nos dimos ese beso. Me hacía falta hablarle y tener su compañía. Mientras estaba parada, sentí cuando alguien me puso una frazada sobre los hombros. Al voltear a ver, vi a Grayson que me decía que la noche estaba fría y que me cubriera para no enfermarme.

Me sorprendió su gesto, pero le dije gracias, mientras volví la mirada de nuevo al horizonte. Él se quedó parado por unos minutos y me dijo que él también se quedaría a pasar el fin de semana en la cabaña.

Al escucharlo, yo no sabía si alegrarme o preocuparme porque no estaba en mis planes pasar tanto tiempo estando tan cerca de él. No sabía que iba a suceder ahora que íbamos a compartir estos dos días en la cabaña.

Clarissa se acercó y me dijo que estaba por encender la chimenea y que nos fuéramos a la sala.

Me fui con ella y dejé a Grayson solo en la oscuridad de la terraza. Él se quedó ahí parado y luego lo vi hablando por teléfono. Se quedó afuera por unos cuantos minutos y luego entró a la casa y se sentó con nosotros en la sala mientras Clarissa abría sus regalos.

Lo noté un poco distraído y hasta pensé que tal vez de verdad extrañaba a esta chica Miranda, ya que sentía que no estaba disfrutando de la velada. Me dio mucha pena verlo así. ¿Dónde había quedado ese hombre lleno de vida y de ilusiones que me hacía radiar con su energía? Ya no era el mismo que yo recordaba. Definitivamente, estaba muy cambiado. El Grayson que yo amé sólo quedaba en mis recuerdos.

Capítulo 25

Un fin de semana en la montañas...

25 UN FIN DE SEMANA EN LAS MONTAÑAS...

Grayson se levantó bastante tarde al otro día. Fue raro despertar sabiendo que él estaba tan cerca de mí en la misma casa. Cuando lo vimos salir de su recámara, nosotros estábamos regresando de una caminata luego de desayunar en la terraza. Al cruzarse nuestras miradas, lo saludé desde lejos y me fui hacia mi cuarto.

Él se quedó platicando con Ronaldo, y al rato, Clarissa subió para decirme que hicieron planes para ir al pueblo a buscar algo de comer y a caminar entre las tienditas del área.

En ese lugar, se hacían las velas aromáticas más exquisitas de toda la región. Era parte de la tradición, comprar algunas para regalar siempre que íbamos de visita. Clarissa quería comprarlas para darlas ahora que sería su fiesta de graduación como diseñadora de modas.

Cuando bajé las escaleras, me di cuenta que Clarissa y Ronaldo ya se habían ido porque decidieron adelantarse y Grayson me estaba esperando para que me fuera con él en su auto. Al terminar de bajar, se levantó del sillón y se acercó a mí. Atrevidamente, puso sus manos en mi cintura, se me acercó y me besó en los labios.

Yo lo empujé y le pedí que no me faltara el respeto. Él se sonrió y me dijo que sólo estaba haciendo lo que quiso hacer desde que me vio la noche anterior. Yo me alejé de él y me salí de la casa. Cuando Grayson vio mi actitud, me pidió que lo disculpara si me había ofendido pero que tenía ganas de darme ese beso y que no se lo rechazara porque él sabía que yo también lo anhelaba.

En ese momento, le grité y le dije que no asumiera algo que no sabía. Si de algo estaba segura, era que no anhelaba ese beso para nada y que, al contrario, ahora lo miraba totalmente diferente. Era para mí como un extraño que no terminaba de conocer.

Me quedé parada sin saber si irme a mi cuarto o seguir con los planes de alcanzar a Clarissa. Grayson me abrió la puerta de su coche y me pidió que me subiera. Yo me subí y traté de no hablarle más. Él se subió y puso música y nos fuimos rumbo al pueblo, el cual quedaba como a unos veinte minutos de donde estábamos.

Cuando llegué, me acerqué a Clarissa y le dije que Grayson me había besado. Ella me abrazó y se molestó mucho por no haberme espe-rado. Desde ese momento, me juró que no me iba a volver a dejar sola con él. Ella sabía que Grayson ya no era esa persona dulce que las dos conocíamos. Ahora estaba tan cambiado y ya no le inspiraba la confianza de antes. Además hasta donde ella sabía, él seguía en una relación con Miranda.

Grayson no volvió a hablarme mucho. Ese día, se estuvo un rato con nosotros y luego se fue solo de vuelta a la cabaña con el pretexto de que tenía que enviar unos mensajes de trabajo.

Clarissa, Ronaldo y yo nos quedamos caminando toda la tarde y has-ta paramos a cenar en una pequeña plaza donde había música en vivo.

Mientras nos subíamos al carro y nos íbamos de vuelta hacia la cabaña, yo seguía encontrando el rostro de Glenn en mis pensa-mientos. Lo miraba sonriéndome y me recordaba del momento en que me dijo que me prometía que se guardaría para mí hasta que yo estuviera lista para alcanzarlo en Brasil. Me pareció una frase tan dulce y tan sincera a la vez. Me sentía muy mal por el beso en los labios que me había dado Grayson sin mi autorización.

Cuando regresamos a la cabaña, nos sorprendimos al darnos cuenta que el auto de Grayson ya no estaba en la entrada. Luego, Ronaldo nos dijo que recibió un mensaje donde Grayson se disculpaba con nosotros y nos decía que había tenido que irse porque debía presentarse a su trabajo en Barcelona lo antes posible. El problema finalmente se había resuelto y Miranda lo había llamado para rogarle que volviera.

Cuando asimilé que Grayson se había ido, me dolió mucho que nuestro encuentro fuera de esa forma tan fría y tan indiferente. Definitivamente, éramos dos extraños y de nuestra historia de amor no quedaba nada, ni siquiera los buenos recuerdos. Ya ni éramos compatibles. La vida nos había cambiado abruptamente al punto que no teníamos nada que decirnos. Me dolió ya no amarlo. Ahora, él sólo vivía en mis recuerdos. En la realidad, ese hombre que yo amé ya no existía. Este nuevo Grayson era alguien que no me inspiraba lo mismo que antes. Ni siquiera podíamos hablar porque él había perdido su lado tierno y sencillo. Ahora, era orgulloso y soberbio.

Mientras empacaba para regresarnos a la ciudad, pensaba en lo mucho que han de sufrir sus padres con este cambio que tuvo su hijo. Qué tristeza que hubiera perdido su esencia en el camino al triunfo. Me dolía despedirlo de mis recuerdos para siempre y darme cuenta que no valía de nada atesorar ese amor que un día nos tuvimos.

Capítulo 26

Las noticias que cambian mi vida...

26 LAS NOTICIAS QUE CAMBIAN MI VIDA...

Cuando regresamos a la capital, Clarissa y yo pasamos unos días yendo de compras y preparando los planes para su boda con Ronaldo. Ella quería casarse en su casa de Italia lo antes posible, y por lo tanto, no haría una fiesta muy grande, sino que sólo sería con la familia más allegada de las dos partes y por supuesto quería que yo la acompañara.

Ronaldo deseaba que se casaran lo antes posible porque quería mudarse a la casa nueva que había comprado ahora que iba a encargarse de los negocios de su padre. Él estuvo varios años fuera, estudiando y viviendo en Italia, lugar donde coincidió con Clarissa y fue donde retomaron su relación. Su padre tenía una empresa de exportaciones y Ronaldo la iba a empezar a manejar ahora que su padre se retiraba del negocio.

Mis padres y mi hermanita Kelly habían regresado a Valle Azul y estaban bastante cansados de su viaje por lo que se disculparon de antemano con Clarissa por no poder acompañarla ese día en el que enlazaría su vida a la de Ronaldo.

Cuando Clarissa habló con ellos por teléfono, se aseguró de que me dejaran viajar con ella y que pudiera así apoyarla con los planes para organizar el evento. Mis padres por supuesto que me dieron permiso y fue entonces que compramos nuestros pasajes para el día siguiente, cuando viajaríamos rumbo a Italia. Luego de que hablé con mis padres, supe que Glenn me había llamado y que ahora que sabía que estaba en casa de Clarissa, iba a contactarme ahí por la noche.

Al saber de Glenn, mi corazón empezó a latir de prisa. Tenía mucha ilusión de saludarlo y saber cómo le estaba yendo en la misión en Brasil. Clarissa empezó a reírse y a burlarse, diciendo que se me notaba el amor por él desde la esquina. Yo me sentía apenada cada vez que bromeaba conmigo porque de verdad sentía que tal vez sí tenía razón. Este tiempo sin Glenn me hacía darme cuenta de lo mucho que lo extrañaba. Mi vida seguía pero no era lo mismo ahora que él no estaba a mi lado.

Sentía un vacío que nada ni nadie podía llenar. Ni siquiera al volver a ver a Grayson y sentir uno de sus besos, pudo hacerme sentir diferente. Yo estaba convencida de que Glenn y yo teníamos un futuro juntos, pero aún estaba en el proceso de descubrir en realidad lo que mi corazón sentía a profundidad. No quería tomar una decisión precipitada y encontrarme luego atrapada en un ideal que no era lo que yo creía. Así que darle tiempo al tiempo era lo que me estaba ayudando a aclarar este enredo de pensamientos y sentimientos en medio de estos cambios en la vida.

Al terminar de empacar y estar listas para salir rumbo a Italia al otro día, me acosté esperando la llamada de Glenn. Por el cambio de horario, no estaba segura a qué hora iba a marcarme. Me acosté al lado de Clarissa y las dos nos quedamos dormidas. Luego cuando sonó el teléfono, me desperté abruptamente y contesté.

Cuando escuché a Glenn, sentí una emoción bastante intensa. Simplemente, le dije hola y la conversación fue fluyendo tan espontáneamente. Era como hablarle a mi confidente. A la persona que por alguna razón me conocía mejor que nadie. Estuvimos platicando por unos cuantos minutos únicamente, pero me contó que estaba muy feliz, ayudando y sirviendo en la misión. Me dijo que pensaba en mí a cada momento y que me había escrito una canción que esperaba escuchara pronto. Yo me sentí tan agasajada. Hablamos por un rato y lo puse al tanto de la boda de Clarissa y de mi viaje a Italia.

No quise contarle que vi a Grayson porque no quería lastimarlo. No había tenido importancia para mí nuestro encuentro, así que preferí quedarme callada. Él me preguntó por todos en Valle Azul y se echó a reír cuando le conté que mi hermano al fin se fue a Viena en busca de Pamela y que se casaron en secreto. Fue un consejo que le tomó tiempo escuchar y que al final de cuentas paró haciendo.

Cuando tuvimos que despedirnos, me di cuenta de que no quería colgar. Me hacía tanto bien el platicar con él. Saber que estaba bien me alegraba mucho y escuchar todas las aventuras que estaba viviendo en la misión, me hacían sentirme orgullosa de él. Me habló de la forma tan sencilla en que la vida se mueve en esos lugares. Me comentó acerca de todos los niños del área, a quienes les daba servicio médico gratuito, y con quienes salía a jugar fútbol todas las tardes. Además, me dijo que su mamá y Sally fueron a visitarlo por unos días y que se traumatizaron al ver las arañas gigantes que habían en la habitación donde les tocó dormir.

En fin, platicamos por un rato y luego me despedí de él. Cuando colgamos, me quedé un rato pensando en lo mucho que disfrutaba hablar con Glenn. Realmente lo extrañaba mucho y a pesar de estar lejos de Valle Azul, su recuerdo me acompañaba a donde quiera que iba.

A la mañana siguiente, salimos temprano rumbo a Italia. Volamos primero hacia Nueva York y luego en la noche, tomamos el vuelo rumbo a Pisa. Clarissa estaba tan emocionada y a la vez tan nerviosa.

En el aeropuerto, comimos en un restaurante delicioso y seguimos comprando algunas cosas de último minuto que pensábamos nos serían útiles en el viaje. El vuelo duró toda la noche y nosotras dormimos cómodamente por las ocho horas que volamos. Cuando al fin llegamos, estábamos listas para empezar esta siguiente aventura en la que Clarissa uniría su vida a la de Ronaldo.

Capítulo 27

¿Boda o no boda...?

27 ¿BODA O NO BODA...?

La casa en Italia quedaba en Toscana, en un lugar precioso en el área de Lucca. Clarissa Marsilli era la mama de Clarissa. Ella había crecido en esta casa y luego de su fallecimiento, mi amiga, Clarissa Asturias Marsilli, la había heredado con todo y el resto de la fortuna de su madre.

Cuando llegamos y nos instalamos, escuché que Clarissa estaba en una conversación telefónica bastante fuera de tono. Mi amiga discutía fuertemente con alguien, y al final, subió y entró a la recámara donde yo estaba y me dijo entre lágrimas que ya no quería casarse con Ronaldo.

Yo la abracé y ella lloró en mis brazos por unos minutos. Luego, empezó a narrarme una historia que yo desconocía acerca de algo que le hizo su prometido. Me dijo que hacía un tiempo, Ronaldo se juntó con Grayson en España y que le había sido infiel con una de las amigas de Miranda. Ella lo perdonó y trató de seguir con la relación, pero que ahora que venían a la boda, Ronaldo le dijo que ella también venía en el grupo de amigas con ellos. —¿Te das cuenta? —me dijo Clarissa—. todos estos días han estado juntos.

Yo le pedí que se calmara y que pensara mejor las cosas. Ella me dijo que estaba segura que, otra vez, le había sido infiel con ella y que, ahora, tenía dudas de lo que sentía por Ronaldo. Ella lo quería mucho pero le era muy difícil seguirle el paso. Me comentó que varias veces, cuando estaban viajando juntos, él la dejó sola y se fue de viaje a otro lugar con sus amigos. Entonces, ella tuvo que volar sola para alcanzarlo a donde fuera que él estuviera. Me dijo que tal vez estaba precipitándose y estaba uniendo su vida a una ilusión y no al hombre con quién debía casarse.

Yo la volví a abrazar. Estaba segura que esto debía de dolerle mucho. —Debes tomar una decisión lo antes posible. —le dije, mientras le acariciaba el cabello, tratando de consolarla.

Finalmente, cuando Clarissa se quedó dormida, escuché a lo lejos que el grupo de Ronaldo había llegado a la casa. Pude escucharlos hablando en la sala y supe que Grayson estaba entre ellos, porque reconocí su voz entre las otras voces, probablemente venía con Miranda.

Me levanté de la cama y me acerqué a las escaleras. Ronaldo venía subiendo y me preguntó dónde estaba Clarissa. Le señalé el rumbo hacia mi habitación y él siguió su paso acelerado en esa dirección.

Cuando terminé de bajar las escaleras, vi a Grayson sentado en el sofá, abrazado con una chica, la cual asumí que era Miranda. No me recordaba mucho de ella, ya que únicamente la había visto en aquellas fotos que nos causaron tantos problemas.

Cuando me acerqué, pude ver a las otras personas del grupo. Yo no conocía a nadie más que a Grayson. Cuando él me vio, inmediatamente se levantó. —¡Hola, Isabella! —me dijo. Para mi sorpresa, esta vez, sólo estiró la mano y quiso saludarme de esta forma. Qué gran cambio desde el día de la cabaña, ahora sólo iba a saludarme, dándome la mano como que fuera una desconocida.

—¡Al fin nos conocemos! —me dijo Miranda mientras se levantaba y se acercaba a abrazar a Grayson. —Hola, soy Isabella Delwood —le dije a las amigas, mientras algunas se acercaron a saludarme de beso.

Pude observar que Miranda era una mujer muy hermosa. Era altísima y delgada. Vestía muy a la moda europea al igual que sus otras amigas. Tenía el cabello largo y lacio y también pude ver que usaba pestañas postizas porque se le veían larguísimas.

Yo le sonreí al grupo en general. Me acerqué y le di la mano a Grayson como él quería y también me acerqué a Miranda para darle un beso en la mejilla como se acostumbraba. Para mi sorpresa, ella alejó la cara y despreció mi saludo. Yo no le puse importancia, aunque noté que Grayson se sintió un poco mal por el desaire.

Les dije que Ronaldo estaba hablando con Clarissa, y que por lo tanto, lo mejor sería no interrumpirlos sino esperar abajo hasta que ellos nos dijeran que podíamos subir.

—¿Quién sois realmente? —me dijo Miranda— ¿Sois acaso la otra dueña de la casa? Grayson trató de callarla después que hizo este comentario hostil. Yo solamente le sonreí y decidí alejarme del grupo y me fui hacia el otro salón. Sus amigas eran bastante arrogantes y todas me estaban viendo como si se les hubiera perdido algo en mi persona.

Mientras me alejaba, pude ver como Grayson se acomodó nuevamente en el sofá y los dos siguieron en lo que estaban. Yo me salí a la terraza a respirar el aire puro de la tarde. Por un momento, me quedé pensando en lo triste que era todo esto con Grayson. Ese muchacho dulce que un día me quiso ya no existía. Él de verdad era una persona totalmente diferente al hombre que un día yo también amé. Ya ni le importaba si alguien me hacía una grosería frente a él. Ahora, se quedaba callado y hacía como que no hubiera pasado nada.

Yo me quedé esperando hasta que vi que todos se pusieron de pie. Al entrar de nuevo a la sala, vi que Ronaldo venía muy molesto y me dijo que ya no habría boda. —¡Ahí te dejo a tu amiga! —me gritó mientras se acercaba a darme un beso en la mejilla.

Me despedí de Ronaldo y sólo vi cuando Grayson salía por la puerta, tomado del brazo de Miranda y con el grupo de las amigas de ella. Todas las chicas se fueron sin siquiera voltear a despedirse. Grayson de lejos me hizo un gesto con la mano, diciéndome adiós. Yo le contesté de la misma forma y le sonreí. Esta fue la última vez que vi a Grayson Matthews en mi vida.

Por Clarissa, supe luego, que sus padres sufrían mucho por este cambio que había tenido desde que andaba con Miranda. Ella era fría y con la sangre pesada. Lo más triste era que cuando Grayson estaba con ella, se portaba igual de arrogante. Él era otro en todo el sentido de la palabra. Me sentí muy triste por don Edmundo y doña Raquel. Ellos realmente quisieron darle lo mejor a su hijo, y sin querer, le hicieron un gran daño. Miranda los menospreciaba y Grayson no hacía nada por darles el lugar que ellos se merecían en su vida. Realmente, me dio mucha tristeza enterarme de todo esto.

Capítulo 28

Un viaje a la felicidad...

28 Un viaje a la felicidad...

Luego de que pasamos algunos días en la casa de Italia, Clarissa ya estaba más tranquila. Me dijo que estaba segura que había tomado la mejor decisión y se sentía aliviada de no casarse con Ronaldo aunque le dolía muchísimo.

Su padre vino y pasó unos días con nosotras, consolándola y consintiéndola mucho. Luego, nos pagó un boleto para que nos fuéramos a Francia.

Mientras estábamos viajando por Francia, hablamos un poco de Valle Azul. Yo le contaba a Clarissa que las cosas habían cambiado desde hacía ya unos años y que todo estaba muy distinto a como ella lo recordaba.

Hablamos un poco acerca de las gemelas y de la boda de Arturo. De repente, guardó silencio por unos segundos y luego tomó valor y me preguntó por Juan José Carmona.

Le dije que supe que estuvo de novio con una chica de Nueva Esperanza, pero que por razones que desconocía, terminaron y Juan José decidió irse un tiempo a la misión donde estaba Glenn en Brasil.

Clarissa inmediatamente levantó la mirada y me dijo que fuéramos a verlos. Fue increíble ver el cambio en ella. Clarissa, en ese momento, despertó de esa tristeza que la tenía prisionera todos estos días. Con una voz de mando, me dijo que nos íbamos para Brasil a terminar de pasar las vacaciones. En ese mismo momento, Clarissa compró los boletos y le avisó a su padre de nuestros planes.

Yo estaba tan emocionada que no me lo creía. Por fin, iba a poder ver a Glenn después de tanto tiempo. En ese momento, yo también llamé a mis padres y luego, le hablé a Glenn para decirle. Él se puso feliz y me dijo que iban a estar esperándonos en el aeropuerto. Yo no podía creer lo que estaba pasando y no podía contener toda esta emoción de saber que muy pronto iba a tenerlo frente a mí.

Como dos chiquillas, Clarissa y yo estábamos en nuestro vuelo rumbo a Brasil. Me recuerdo que nos dio un ataque de risa. No se, tal vez por los nervios, pero todos nos volteaban a ver y nosotras no podíamos parar de reírnos a carcajadas. Las dos estábamos tan contentas y tan emocionadas de este paso tan abrupto en nuestras vacaciones.

Viajamos once horas en el vuelo de París a Río de Janeiro. Cuando llegamos, estábamos cansadísimas. Mientras recogíamos nuestro equipaje y pasábamos por la aduana, la gente se empezó a dispersar por la salida. Al seguir caminando, finalmente, entre todos estos extraños, vi una cara conocida. A la distancia, alcancé a ver a Glenn que estaba esperándonos con Juan José y los dos nos esperaban con un ramo de flores.

¡Ya se me había olvidado lo atractivo que era! Me había olvidado que era tan alto y tan de buen ver. Vestía nuevamente una camisa vaquera con su chaqueta de mezclilla. Esta vez, no traía puesto su sombrero sino que se había peinado de lado como aquella fría mañana, cuando me recogió para llevarme a la universidad por primera vez. Su pelo aún estaba húmedo y se miraba increíblemente atractivo con esos ojos azules grandes y su bronceado luego de pasar temporadas bajo el sol.

Cuando nuestras miradas se encontraron, vi su sonrisa, la cual extrañaba tanto. Corrí y lo abracé. Él me abrazó de vuelta y luego me entregó el bouquet de flores que me había traído. No podía dejar de verlo. Estaba tan ilusionada de volvernos a encontrar. No podía reponerme de lo guapo que se miraba. Cada vez que lo volteba a ver, sus ojos volteaban hacia mí y sentía como si estuviera flotando por las nubes y una gran emoción invadía mi ser. ¡Al fin estábamos juntos de nuevo!

Clarissa y Juan José también se veían emocionados de volverse a encontrar. Él era un hombre muy atractivo y agradable. Su pasión era el gimnasio y era dueño de varios. Clarissa siempre decía que le encantaba su cuerpo atlético y su vestimenta que siempre era deportiva. Juan José era un hombre culto y viajado. Tenía familia en el extranjero y varios gimnasios fuera del país. A pesar de tener tanto dinero, él era noble y sencillo como la mayoría de gente de Valle Azul.

Yo sabía que Juan José no la había olvidado. Aún recuerdo una tarde, luego de que terminaron, cuando él llegó a buscarme y me confesó que Clarissa era el amor de su vida. Esa vez, yo le pedí que tratara de olvidarla porque yo sabía que mi amiga andaba distraída en otros rumbos y no quería que Juan José sufriera. Ahora todo era distinto también para ellos. Este reencuentro estaba lleno de emociones y de sorpresas.

Los cuatro nos subimos a un pequeño bus que habían traído para recogernos. Manejamos por varias horas y ya por la noche, al fin llegamos a la misión.

Capítulo 29

Conociendo la misión...

29 CONOCIENDO LA MISIÓN...

Cuando nos bajamos del bus, pudimos apreciar la tranquilidad del área y de la vida del campo. Las estrellas brillaban tan de cerca en el cielo despejado de la noche. Caminamos en la oscuridad y Juan José señaló la carpa a la distancia, en donde todos los demás misioneros estaban reunidos cenando.

Glenn inmediatamente llamó a una de las chicas que servían y ella amablemente nos llevó a Clarissa y a mí a la habitación donde nos estaríamos quedando. Era una recámara bastante limpia y sencilla. Tenía dos camas pequeñas y un escritorio. También tenía una ventana bastante grande donde se podían apreciar las estrellas del cielo.

Cuando nos refrescamos un poco y nos retocamos el maquillaje, Clarissa y yo salimos y caminamos hacia la carpa donde se encontraban todos los que servían en la misión.

Cuando entramos, nos quedamos admiradas de la amabilidad y del recibimiento que nos dieron. Todos sabían quienes éramos y se alegraban de que al fin pudiéramos estar ahí reunidas con Glenn y Juan José.

Esa noche, comimos un poco y luego pasamos un buen rato sentados frente a una fogata. Fue muy bonito escuchar lo bien que cantaba Juan José acompañado de la guitarra. Él se había incorporado a la misión luego de que visitara a Glenn y también había empezado un caminar con Cristo. Ahora, tenía una alegría y una paz en su persona que daba bastante confianza. Su trabajo en la misión era cantar y liderar la alabanza de todas las noches y los domingos durante el servicio.

Su voz era preciosa y las canciones eran todas hechas por él. Me dio mucho gusto verlo tan contento y usando sus talentos para la Gloria de Dios.

Clarissa se puso a llorar mientras lo escuchaba cantar. Sé que ella aún estaba sufriendo por todo lo que le había pasado. Varias chicas de la misión se acercaron y la estuvieron consolando. Yo me quedé cerca de Glenn, quién se miraba bastante involucrado con todos en el lugar, parecían una gran familia. Todos los niños lo buscaban y lo querían mucho. Ellos se referían a él como "el doctor" y todos le preguntaban si yo era "su mujer". Fue muy divertido ver las caras de los niñitos y la emoción que les daba conocerme, pensando que era la esposa de Glenn.

Al otro día, me levanté desde temprano y cuando salí, alcance a ver a Lily, una de las chicas del lugar, quien me dijo que me llevaría a donde estaba Glenn. Nos fuimos caminando hasta que llegamos a una pequeña casa, en donde Glenn había adaptado todo, para abrir una clínica médica y ofrecer consultas gratuitas.

Inmediatamente, me ofrecí a ayudarle y me senté en el escritorio de la recepción, el cual Glenn trataba de manejar mientras miraba a los pacientes sin nadie que le ayudara. Le dije que yo me quedaría a cargo de la recepción.

Mientras recibía a los pacientes que llegaban, me dio mucha ternura conocer a toda esta gente tan humilde del área que venía en busca de ayuda médica, caminando a veces varios kilómetros.

Pude asistir a varias mujeres embarazadas que venían a consulta y también pude ayudar a varios niñitos que venían a su chequeo para asegurarse de que estuvieran creciendo saludables. Conocí a doña Gladys; una ancianita muy agradable que siempre venía a su chequeo. Luego de que nos presentaron, me dijo que nos esperaba en su casa para la hora del almuerzo. Resulta que esta era su forma de pagar por la consulta. Ella siempre invitaba a Glenn a comer en su casa cuando le tocaba venir a su chequeo. Luego de ver unos pacientes más, cerramos la clínica y nos fuimos caminando a casa de doña Gladys.

Su casa era bien sencilla. Tenía gallinas y patos corriendo por toda el área y cuando entramos, nos invitó a sentarnos en la mesa del comedor. Nos tenía toda la comida bien caliente y ya servida, lista para que comiéramos. Se veía tan agradecida con Glenn y a cada rato le decía lo afortunados que eran de tener a un doctor tan bueno en el área.

Glenn se miraba un poco apenado con tanto elogio. Yo lo miraba y me sentía tan orgullosa de él. Vistiendo esa bata blanca sobre su ropa, parecía que al fin había alcanzado ese sueño que una vez compartió conmigo: El de poder ayudar en su profesión sin esperar nada a cambio.

Luego de que terminamos de comer, doña Gladys nos mandó de vuelta con unos bocadillos para el resto del personal de servicio de la misión —¡Qué abuelita tan dulce! —le dije a Glenn. Él me contestó que le apenaba recibirle la comida pero que no quería despreciar tan amable gesto que se veía lo hacía de corazón.

Luego, regresamos a la clínica, donde Glenn siguió dando consulta. Yo estuve a su lado y fui su enfermera y ayudante todo el tiempo. Viéndolo trabajar, me enorgullecía ver el tipo de hombre en el que se había convertido. Estaba admirada de su servicio y entrega a la comunidad.

Capítulo 30

Viendo hacia el cielo...

30 VIENDO HACIA EL CIELO...

Al anochecer, todos nos reunimos e hicimos un estudio Bíblico. Durante esta reunión, Clarissa decidió entregarle su vida a Jesucristo y aceptar el regalo de vida eterna. Yo no entendía muy bien a qué se referían todos con esto, pero me di cuenta que, a partir de este momento, su semblante cambió drásticamente. Se veía llena de alegría y de paz. Luego me dijo, que esa noche había dejado su dolor y su tristeza en los pies de esa cruz. Me dijo que ahora estaba segura que había conocido el verdadero amor. Ella no quería cometer más errores, tratando de dirigir sola su camino. Ahora, ya no tenía que preocuparse porque luego de conocer del amor del Señor Jesús, sabía su valor y lo amada que era. Además de ahora en adelante sería Él quien dirigiría sus pasos.

Clarissa se involucró al trabajo en la misión e inmediatamente se puso a buscar cómo servirle a las personas del lugar. Ella, tan linda, puso un taller en donde empezó a hacerle ropa a los niños del área y a todos los que servían en la misión, les hizo un uniforme.

Me daba tanto gusto ver como, con el pasar de los días, su semblante seguía cambiando y se miraba llena de paz y de gozo. Nada que ver con la Clarissa loca de siempre. Ahora, se miraba madura y muy segura de que había encontrado la felicidad. Me daba tanto gusto verla leer su Biblia. Cada noche, en la alabanza, lloraba y levantaba las manos para honrar y cantarle a Dios. Qué gusto me daba verla tan repuesta y tan llena de vida. Juan José estaba todo el tiempo ayudándola en lo que pudiera. Se miraban tan contentos y no me sorprendería si pronto anunciaban que estaban de novios nuevamente.

Pasamos varios días sirviendo y yo me la pasé todo el tiempo refle-xionando acerca de mi vida. Mientras me enfocaba en servir, podía darme cuenta de que la presencia de Dios se sentía más de cerca al dejar el mundo de las comodidades atrás y abrir el corazón para escu-char las necesidades de otros, y aún más, leyendo la Biblia constantemente. Especialmente, ahora que estábamos en un lugar tan humilde como este, todo tenía un significado diferente.

Fue entonces que realmente empecé a sentir la necesidad de acercarme a Dios. Empecé a buscar en mi corazón y sólo encontraba confusión y sufrimiento por todo lo que Grayson me hizo, y yo sin darme cuenta, lo había reprimido en lo más profundo. Me di cuenta que tenía cargas que me habían hecho madurar pero que aún me seguían doliendo.

Yo anhelaba pedirle a Dios que fuera mi Señor y Salvador y reconocer que era una pecadora que necesitaba de su gracia y de su perdón, pero no sabía cómo hacerlo. Tenía esas ganas en mi corazón de darle mi vida, pero me daba pena decirlo al mundo porque no estaba segura si yo era digna de Él.

Ver a Clarissa tan feliz, diciéndome que lo mejor que le pudo pasar en la vida fue el estar frente a frente con el amor del Señor Jesucristo, me hizo pensar que nosotras las chicas buscamos el amor en el lugar equivocado. Nuestro verdadero amor se encuentra cuando vemos hacia arriba… cuando ponemos nuestra mirada en el cielo.

Una noche que estábamos cantando alabanzas a Dios entre las chicas, mi corazón se sentía cargado. No podía entregarme por completo si no le pedía perdón por vivir una vida a mi manera y tan alejada de Él. Por fin, mi momento había llegado. No podía soportar más el seguir deteniendo lo inevitable. Mi corazón necesitaba reconocerlo y pedirle perdón. Fue ahí cuando me puse de rodillas y acepté que era una pecadora y que necesitaba de la gracia de Jesús para alcanzar el perdón y la vida eterna.

Tuve un momento en el que empecé a llorar porque, mientras recordaba todo el dolor que había sufrido, me sentí tan sola y tan necesitada de su amor y protección. Yo era sincera cuando le pedía perdón y le pedía que de ahora en adelante fuera mi Señor y mi Salvador. Quería vivir para Él y no tratando de satisfacer mi propia persona. Varias de las chicas vinieron a orar por mí, y yo sentía un gran alivio de saber que podía encontrar el perdón que necesitaba por la gracia y misericordia de nuestro Dios Padre.

Con una voz firme, confesé a Jesucristo como mi Señor y Salvador, luego de leer en la Biblia que la paga del pecado es muerte, pero Él tomó mi lugar y pagó por mis pecados cuando era limpio y sin mancha sólo por salvarme a mí y darme la oportunidad de ir al cielo. Cuando lo reconoces es cuando realmente te das cuenta que nada en la vida tiene sentido, si no estás así, a los pies de Cristo.

Este fue el momento en el que de verdad conocí al amor de mi vida. Un Dios inmenso que me amaba y que había dado todo por mí para darme una oportunidad de salvación.

Esta experiencia me cambió la vida. Me sentía nueva, renovada, limpia de adentro hacia afuera. Sentía tanta alegría y paz. Nunca más volví a sentirme sin rumbo. Ahora, cada vez que oraba y leía la Palabra, encontraba el consuelo y la guía que mi corazón necesitaba. Empezaba a comprender completamente a Glenn y ese gran cambio que tuvo de la noche a la mañana. Mis prioridades ahora eran otras. Ya no quería descubrir la vida por mí misma; quería darle el control a Dios para que me guiara y trabajara en mí, cada día, para hacerme de acuerdo a su voluntad.

Esa noche me fui a acostar y no podía dormir de la alegría que llenaba mi corazón. Clarissa y yo estábamos tan felices de haber decidido hacer este viaje. Fue la medicina que cambió la dirección de nuestras vidas. Las dos nos quedamos dormidas luego de estar tomadas de la mano y de estar platicando de todo esto que estábamos viviendo. Era un encuentro con nuestro Creador y Salvador.

Capítulo 31

Por el resto de nuestras vidas...

31 POR EL RESTO DE NUESTRAS VIDAS...

A la mañana siguiente, tenía muchas ganas de encontrarme con Glenn. Quería contarle todo acerca de esa experiencia que cambió mi vida. Realmente, era él esa persona con quien quería compartir toda esta alegría que estaba viviendo.

Cuando salí a buscarlo, no pude encontrarlo. Me dijeron que Glenn y Juan José se habían ido en la madrugada a los pueblos vecinos a ayudar a algunos enfermos. Unos hombres vinieron a buscarlos en medio de la noche y se fueron tan de prisa que no pudieron despedirse de nosotras.

Pasaron los días y no recibimos noticias de ellos. Pasamos todo este tiempo tratando de distraernos en algo y ayudando en la misión. Poco a poco, nos acercamos más a las chicas. Lily se convirtió en una hermana para Clarissa y para mí. Todas las mañanas, venía a nuestra habitación y nos daba estudio Bíblico para ayudarnos a conocer más de la Palabra. Aprendimos mucho de sus enseñanzas.

Ya en la noche, nos íbamos al servicio de oración, y luego, con todo el grupo compartíamos nuevamente la palabra de Dios. Fueron días que atesoro en mi corazón porque viví los momentos más lindos de mi vida.

Clarissa y yo ahora comprendíamos cómo Dios tuvo misericordia de nosotras. Realmente nos cambió la forma de ver la vida. Nosotras anhelábamos que fuera un chico, quien nos diera una razón de existencia, y por esta razón, dejamos en el pasado que nos lastimaran y nos hicieran sentir de menos. No habían palabras para expresar el agradecimiento que sentíamos de haber podido llegar a esta misión que nos cambió la vida sin siquiera imaginarlo. Tal vez, llegamos con las intenciones equivocadas, pero Dios utilizó esta experiencia, para tocar nuestro corazón y ayudarnos a conocerlo.

CAPÍTULO 32

JUNTOS PARA SIEMPRE...

32 JUNTOS PARA SIEMPRE...

Cuando llegó el día del ansiado regreso de Glenn a la misión, yo estaba muy emocionada de saber que iba a volver a verlo.

Mientras esperaba por su llegada, hacía nuevamente una reflexión de cómo se habían dado las cosas entre nosotros y me recordaba de ese día en el muelle cuando lo vi por primera vez, siendo yo casi una niña, y cuando él me ofreció su pañuelo. Recordaba cómo al pasar de los años, poco a poco, nos fuimos conociendo y cómo Dios le puso en su corazón un amor sincero y puro hacia mí. No puedo creer que hubiera comprado el anillo de compromiso cuando yo ni siquiera le devolvía el saludo y cómo, poco a poco, nos fuimos acercando y conociendo hasta llegar a este momento en donde estábamos a punto de unir nuestras vidas para siempre.

A la distancia, alcancé a ver que Glenn venía caminando luego de bajarse del autobús. Mis ojos miraban a un hombre que pudo haber tenido todos los lujos de la vida, pero que había elegido un caminar tan diferente. Un caminar humilde, lleno de obstáculos, pero el cual había caminado con fe y con un corazón de servicio a los demás.

Cuando me acerqué a él, pude ver sus ojos azules mirándome con emoción y su boca sonriéndome suavemente. Corrí y lo abracé con todas mis fuerzas. Le dije que lo amaba y que estaba lista para casarme con él. Glenn guardó silencio mientras las lágrimas rodaban por su cara. Me dijo que él siempre supo que yo era su gran amor y siempre le pidió a Dios por mí. Todos los días, oraba y le pedía a Dios que me cuidara.

De su mochila sacó ese anillo de compromiso que un día mandó a hacer para mí. Se inclinó frente a mí, y en una rodilla, me pidió que fuera su esposa. Yo emocionada acepté. Se levantó y lo puso en mi dedo. Yo también lloraba lágrimas de alegría. Al fin, íbamos a estar juntos para siempre.

Esa misma noche, llamamos a nuestros padres y les dijimos lo que estaba pasando. Mi padre me dijo que Glenn se había estado comunicando con ellos y que, antes de darme el anillo, les había pedido permiso y su bendición. Al colgar con ellos, entró Clarissa diciendo que Juan José le había pedido que fuera su esposa y que ella había dicho que sí. Las dos nos abrazamos y compartimos esta emoción por todo lo que estábamos viviendo.

Al otro día, Clarissa se dedicó a hacer nuestros vestidos de novia. Yo me la pasé arreglando los preparativos y las decoraciones en la carpa en donde nos casaríamos en una boda doble. Las chicas adornaron todas las mesas con flores blancas y flores lavanda que Glenn había traído porque sabía lo mucho que me gustaban.

Fue muy lindo caminar hacia al altar con mi mejor amiga y ver frente a nosotras a esos dos hombres de Dios que nos amaban tanto. Se miraban guapísimos esperando por nosotras para unir nuestras vidas para siempre.

Fue un momento perfecto. Esa noche, Glenn y yo nos unimos para siempre y de nuestro amor nacieron nuestras bellas gemelas un año después. Clarissa también se convirtió en madre de una niña preciosa a quien llamó Clarissa para que llevara el nombre de su madre y de su abuela.

Con el pasar de los años, decidimos regresar a Valle Azul para establecernos porque don Gustavo, el papá de Glenn, estaba en sus últimos días luego de batallar con una enfermedad terminal. Afortunadamente, Glenn pudo regresar a tiempo y despidió a su padre, quien falleció una triste tarde de noviembre.

Nosotros entonces nos mudamos de vuelta a su casa en Valle Azul

para cuidar de su mamá, doña Hilda. Ella adoraba a nuestras gemelas y estaba feliz de tenernos en casa. Nuestras bebés eran justo lo
que ella necesitaba para superar todo esto que vivió con la enfermedad de su marido.

Con el apoyo de Clarissa, Juan José, el de nuestras familias y usando
la herencia que me dejó mi abuela, pudimos inaugurar el primer
hospital gratuito de Valle Azul para darle ayuda médica a todas las
regiones allegadas.

Yo me encargué de diseñarlo y de llevar a cabo la construcción. Fue
divertido ver nuestras fotografías en las revistas y periódicos, luego
de que vinieran a entrevistarnos acerca del proyecto.

Aún recuerdo el día en el que hicimos un gran almuerzo para
celebrar la apertura del hospital. Recuerdo a todas las personas de
Valle Azul que vinieron a saludarnos y a ofrecernos su apoyo.
También, esta celebración fue un gran reencuentro con nuestros
amigos y familiares. Era increíble volver a verlos a todos y ver cómo
nuestras vidas habían cambiado. Arturo y Pamela vinieron con sus
dos niños recién nacidos a pasar una temporada a la casa de mis
padres. Las gemelas Robles vinieron con sus nuevas familias. Bría
se casó con Gerardo Vallejos y estaba esperando su primer bebé.
Ana Celeste y Flavio también formaron una familia y pensaban
dedicarse un tiempo a viajar, antes de hacerla más grande. Kelly y
Sally estaban comprometidas para casarse con dos hermanos de
Nueva Esperanza, Luis Ángel y José Antonio Godoy. Fue una linda
celebración, compartiendo y poniéndonos al día sobre nuestras vidas.
Todos bromeábamos, diciendo que nos quedamos, de alguna forma,
siendo parte de una gran familia.

Mis padres estaban tan orgullosos y felices por nosotros. Con tanto
cariño que vinieron a darnos su bendición y a consentir nuevamente
a todos sus nietos. El papá de Clarissa, don Rogelio Asturias, vino a
Valle Azul, por primera vez, a acompañarnos en la inauguración.
Fue lindo verlo abrazar y besar a su nieta y felicitar a Clarissa, quien
estaba embarazada nuevamente. Juan José la consentía y la cuidaba
como el mejor de los esposos.

Al pasar el tiempo, una noche, Glenn y yo nos tomamos de la mano y caminamos entre las flores de lavanda, apreciando la bella luna llena. De momento, él se detuvo y volteó a verme. Me dijo que recordara este momento y lo atesorara en mi corazón. Luego se acercó y me cargó entre sus brazos. Yo le sonreí y me acerqué a darle un beso. Seguimos caminando tan enamorados y tan felices.

Así termino de narrar esta historia de amor, en donde todo lo que tuve que vivir hasta encontrar el verdadero amor fue usado para mi propio bien, gracias a un Dios misericordioso.

Glenn y yo nos seguimos amando intensamente cada minuto de nuestras vidas. Después de nuestras gemelas, tuvimos dos hijos más, a quienes llamamos Glenn y Gustavo, como su padre y como su abuelo. Seguimos viviendo en Valle Azul en donde fuimos tan felices como el primer día en que unimos nuestras vidas.

FIN

> "Cada vez que veas los campos de lavanda, recuerda que hay un Dios que los creó, teniéndonos en mente a todas las soñadoras y románticas, para darnos algo hermoso que nos sirviera de inspiración…"
>
> -A.W.

Después de leer este libro, recuerda que eres muy amada y que tu verdadero amor está ahí mismo, esperando por ti. Sólo alza tus ojos al cielo y pídele a Jesús que sea tu Señor y Salvador. Repite conmigo estas palabras:

Señor, yo reconozco que soy pecadora… que toda mi vida la he vivido a mi forma y que esto me ha separado de ti. He recibido muchos golpes, los cuales he aprendido a superar con mis propias fuerzas.

Yo comprendo que la paga del pecado es muerte y que por lo tanto no merezco nada más.

Pero Jesucristo por su gran amor, tomó mi lugar y pagó por mis pecados, muriendo en esa cruz para darme libertad y absolución.

Hoy reconozco lo que hizo por mí y creyéndolo en mi corazón, hoy confieso con mi boca que Jesús es mi Señor y Salvador, que resucitó de entre los muertos.

Hoy acepto su regalo de vida Eterna y reconozco que voy al cielo no por obras sino por fe. Hoy te entrego mi vida, la cual viviré poniéndote a Ti primero y viviendo para darte gloria en todo lo que haga.

Escribe mi nombre en el libro de la vida, Padre.¡Gracias por tu amor!

En el nombre de Jesús, AMEN.

PALABRAS FINALES

Palabras Finales

- Muchas personas viven ocupadas en su diario vivir y nunca se dan el tiempo para reflexionar y reconocer el amor de Jesucristo en su vida. La Biblia dice que si creyeres en tu corazón y confesares con tu boca, que Jesús es el Señor y que resucitó de entre los muertos, serás salvo. También la Biblia dice que uno no puede servir a dos amos al mismo tiempo. Dios dice que si uno no está con Él, está en su contra. A Él no le gusta la gente tibia. Él nos invita a ser fríos o calientes en nuestra relación con Él. Debemos tomar una decisión y vivir nuestra vida en base a esto. No vivir de un a veces, sino vivir al cien por ciento, entregados a Él.

- No hay nada que El Señor no pueda perdonar. Él conoce tu vida y te acepta como eres. No te limites a reconocerlo, pensando que no eres digna de su amor. En la Biblia, hay una historia de una mujer que fue encontrada en el pecado de adulterio y la trajeron ante Jesús para apedrearla. Él entonces dijo que el que estuviera libre de pecado, que tirara la primera piedra. Todos los que la acusaban se fueron porque se dieron cuenta que eran pecadores y luego Jesús le dijo a la mujer que ni Él la condenaba, que se fuera y no pecara más. Él era libre de pecado y aún así, no la condenó. Así de inmenso es su amor para nosotros. Él no vino a condenar al mundo sino a salvarlo.

- La Biblia nos habla de las mujer virtuosa en Proverbios 33. Su valor sobrepasa al de las piedras preciosas. Si supiéramos el valor que tenemos para Dios, sabríamos nuestro lugar y nuestras prioridades de vida serían diferentes.

- Nuestra lucha por encontrar el amor, a veces nos hace ceder o permitir que el trato hacia nosotras no sea el que Dios designó. Por eso, es importante amar a Dios primero y leer su Palabra. Si le entregamos a Él nuestro corazón, podemos caminar confiadas, sabiendo que Dios tiene el control y que tiene un tiempo perfecto para cada situación.

- Dios es un padre protector y amoroso. La Biblia dice que nosotros siendo malos sabemos dar cosas buenas a nuestros hijos, imagínate cuántas bendiciones tiene guardadas nuestro Padre Celestial para los que caminan con Él. Dios sabe lo que está en nuestro corazón y nos da de acuerdo a su voluntad y a lo que necesitamos siempre buscando nuestro bien.

- Debemos confiar, que Dios tiene un propósito para nuestras vidas y como dice la Biblia, Dios nos conoció desde antes que nos formara en el vientre de nuestra madre y nos amó (Leer Jeremías 1:5). Si confiamos en Él, tendremos su protección y Él proveerá siempre lo que necesitemos.

- Para que Dios pueda hacer la obra en nuestros corazones, necesitamos perdonar y dejar el pasado atrás. Todas llevamos en el corazón heridas y situaciones que nos han marcado. Esas heridas pueden ser cargas que no nos permitan ser felices a pesar de las bendiciones y de las cosas buenas que tengamos en la vida. Por lo tanto, debemos aprender a soltar y dejar ir todo aquello que no nos permita dar lo mejor de nosotras o nos impida una entrega total a nuestro Padre Celestial. Dios es bueno y misericordioso, si nos volvemos a Él, jamás nos abandonará. (Ver 2 Crónicas 30:9)

- La Biblia nos dice en Romanos 8:28 que para los que amamos a Dios, todas las cosas nos son para bien. Aún las cosas más difíciles, pueden luego ser usadas para ayudarnos a ser mejores hoy y para bendecir a otros. En 2 de Samuel, la Biblia dice que Dios devuelve bien por mal. ¿Cuántas bendiciones tiene Dios guardadas para nosotras?

- Recuerda que tu valor no depende de lo que otros piensen de ti, ni de lo que tú misma pienses de ti. Dios te ama tanto que dio todo por salvarte. Jesús murió en esa cruz por ti. Tu valor es la sangre derramada por el Rey de Reyes y Señor de Señores en esa cruz del calvario. Eres hija del Rey y por lo tanto, no hay nada en este mundo que pueda separarte de su gran amor. Deja que Dios sane tus heridas, te de un propósito y que te ayude a comprender lo que es el verdadero amor.

- La Biblia es Palabra de Vida. Leámosla diariamente para alimentar nuestro espíritu y aprender más del amor perfecto de nuestro Padre Celestial.

"Espero que este libro haya sido de bendición. Compártelo con alguien que hoy esté en busca del verdadero amor y necesite escuchar en dónde encontrarlo.

Otros libros de la autora:

Nena y Yoyo están muy emocionados de recibir a Kekalita, una visita que viene desde París, Francia. ¿Será que tener invitados en casa es tan divertido como parece? Acompaña a los cachorros en esta divertida aventura y descubre el verdadero significado de la amistad y aprende a acerca de cómo cuidar el corazón.

Nena y Yoyo van a la casa de don Homero como todas las semanas, pero esta visita será diferente porque surgirá lo inesperado. Acompaña a los cachorros en esta aventura donde descubren lo divertido que puede ser encontrarse en medio de la mar. Disfruta de sus ocurrencias, de compartir el tiempo con los amigos y aprende a estar al servicio de los demás.

Las aventuras de
Nena y Yoyo

Alejandra Lemus de Williams

El castillo gigante de Yoyo
(Aprendiendo acerca de la amistad y de ayudar al prójimo)

¿Qué pasaría si todos tus amigos unieran sus fuerzas para hacer tu sueño realidad? ¿Crees que el trabajo arduo puede traer una recompensa? Si te gusta la playa, acompaña a los cachorros en esta divertida aventura en donde la brisa del mar y la suave arena llenan de color sus vacaciones. Disfruta de las ocurrencias del más pequeño integrante de la familia Hueso y descubre la satisfacción que trae el ayudar a los amigos y estar siempre al servicio de los demás.

Las aventuras de Nena y Yoyo

Alejandra Lemus de Williams

La Cancioncita de Yoyo:
(Amando a Dios con todo el corazón)

Yoyo tuvo problemas en la escuela. Después de tremenda vergüenza tiene que tomar una decisión muy importante. ¿Será que un cachorrito tan pequeño puede enfrentar a una multitud y ser usado para cambiarles el corazón? Acompañemos a los cachorros en esta aventura y aprendamos acerca del amar a Dios en todo momento y a ser valientes cuando las circunstancias se ponen difíciles.

Las aventuras de Nena y Yoyo

Alejandra Lemus de Williams

Nena, enfermera por un día
(Aprendiendo a ser obedientes)

Yoyo está en cama con una fuerte gripe. Nena y su amiga Cali se ofrecieron a cuidarlo pero en medio de dicha labor, surge algo inesperado. ¿Será que estas dedicadas enfermeras pondrán primero la salud de su paciente o se unirán a la diversión que repentinamente llega a Dogsylandia? No puedes perderte esta aventura en la que aprenderemos acerca de la obediencia, de las amistades verdaderas y del resultado que una mentira puede traer a nuestras vidas.

¡Estamos de fiesta en Dogsylandia! ¡Eres el invitado especial a la fiesta de cumpleaños de Nena! Acompaña a los cachorros en esta divertida aventura y disfruta de los preparativos y de todas las sorpresas que la familia Hueso tiene reservadas para este día tan especial. Entre globos y sorpresas surgirá lo inesperado y aprenderemos una gran lección acerca de la amistad y del amor al prójimo. ¡Te esperamos, no faltes!

Mientras jugaban en el parque, nuestros amiguitos Nena y Yoyo encontraron un misterio que se escondía en el camino hacia el bosque. ¿Podrán los cachorros confiar en Dios y sentirse seguros mientras investigan y llegan a la verdad? Acompaña a los cachorros en esta interesante aventura y disfruta con ellos lo divertido que puede ser el descifrar pistas y descubrir lo que está de fondo en el misterio que se esconde entre los árboles del parque.

(Los mismos siete libros de la colección están disponible en inglés bajo el nombre " The Adventures of Nena and Yoyo")